歷史學家的三堂小說課

Savage Reprisals:
Bleak House, Madame Bovary, Buddenbrooks

狄更斯《荒涼屋》

福樓拜《包法利夫人》

湯瑪斯·曼《布頓柏魯克世家》

史學巨擘 彼得·蓋伊 (Peter Gay) 著

劉森堯 譯

狄更斯的臉龐……是一個經常在奮戰的人的臉龐，
他公開戰鬥，毫不畏懼，
這同時也是一個豁達憤怒的人的臉龐，換句話說，
這樣的一張臉龐正是 19 世紀自由主義和知性的典範，
而與腐朽顢頇的傳統體制互不相容，
我們今天繼續在此抗爭的，仍然還是類似這樣的體制。

——喬治・歐威爾（George Orwell）論狄更斯（1939）

福樓拜終其一生不斷反覆強調，
他寫作的目的就是為了對現實世界展開報復，
對他而言，激發他創作靈感的正是這種負面的心態。

——里奧沙（Mario Vargas Llosa）論福樓拜（1975）

對藝術家的感性而言，
唯一可行的戰鬥方式就是將之訴諸於現象和經驗，
而最有效的抵抗方式就是表達和描繪。
這樣的反應做法（套用心理學的激進論調來講），
可以說是藝術家對他個人經驗所展開的美妙報復，
報復行為越是激烈，他的感性就會顯得越文雅。

——湯瑪斯・曼論湯瑪斯・曼（1906）

【NORTON版評介】

我們必須小心翼翼閱讀小說，彼得·蓋伊教授如此堅稱，因為小說呈現了一個扭曲而不可靠的歷史觀念。

一般而言，小說的讀者總是會認為小說，尤其是左右西方文化長達半個世紀以上的寫實主義小說，主要是奠立在歷史的真實上面，同時也會認為偉大小說具有揭露歷史事實的功能。斯湯達爾稱小說為一面在公路上沿路移動的鏡子，許多歷史學家甚至會企圖在小說中尋找他們在別的地方尋找不到的歷史證據。

彼得·蓋伊教授會振振有詞告訴我們，這樣的信任是錯誤的，小說有其獨特處理現實世界的方法。他把談論的焦點放在三本偉大的文學作品上面：狄更斯的《荒涼屋》（1853）、福樓拜的《包法利夫人》（1857）以及湯瑪斯·曼的《布頓柏魯克世家》（1901）——蓋伊教授這位傑出的文化歷史學者，特別強調閱讀小說的方式絕對不會僅限於一種。小說家顯然不會單單只是生命的速記員，他們的作品，特別是那些偉大寫實主義作家的作品，可能會像是一面鏡子，一面扭曲的鏡子：對過去和文化的、文學的或甚至個人的有關事實加以修飾、竄改或誇大。小說家不是木偶，他們所憑藉的是個人的創作才華，因此，他們寫作時的歷史背景、社會身份、宗教信仰、文字技巧或甚至他們異常的精神狀態等，都是值得我們去加以研究的對象。歷史學家如果想利用小說去探索歷史事實，最好能夠事先探詢和小說有關的其他次要資料。

蓋伊教授在這本優美而引人深思的著作裡，主要在於說明上述的謹慎做法是有其必要的，他為文學愛好者和歷史研究者提供一種互為不同但卻互相作用的閱讀文學的方法。在探索這些作者之世界的過程中，憑著他的分析才能和細膩心靈，竟發現到有些偉大的作家都具有一種共通的特性：對他們各自的社會憤世嫉俗。比如狄更斯，他在作品中所展現的，與其說是個歷史學家，倒不如說是個宣傳家，他在《荒涼屋》一書中，誇大了英國的司法和整體社會改革的必要性。福樓拜在《包法利夫人》中憑其令人目眩神移的獨特風格，藉此來展現他對當時法國中產階級社會的報復。至於湯瑪斯．曼，他在《布頓柏魯克世家》裡頭為讀者勾勒出一幅帶有復仇性質的圖畫——幾乎像是一幅諷刺漫畫——一個正在式微的高傲中產階級文化。

總之，蓋伊教授透過栩栩如生的筆調，用現代文學的眼光去詳盡探索這三本傑出的文學典範，為我們說明一個老練聰明的讀者在閱讀一本小說時，可以結合歷史和文學的知識，把小說轉化為探索真理的輔助媒介。

歷史學家的三堂小說課

【目錄】本書總頁數共256頁

- 波特萊爾曾爲《包法利夫人》寫過一篇精采書評，
他特別感受到這本小說背後的眞正主要動機，
正是一種頑固對抗社會的心態，
他看出其作者所抒發的執拗無情的批判性筆調，
福樓拜透過運用具有想像力的最蹩腳題材，
說出了他對這個社會的不滿。
- 「愚蠢的眞正源頭，最愚蠢的社會，
最荒唐的製造者，一堆蠢蛋聚集的地方，
到底在哪裡呢？在外省地區。
在那裡最教人無法忍受的居民是誰呢？一般人，
他們一天到晚專注於瑣碎無聊的事情，
忙著幹些扭曲觀念的工作。」

・在年輕時代的湯瑪斯・曼及一般德國人眼中看來，
哲學家不過是在咖啡館賣弄小聰明且毫無傳統觀念的不負責任傢伙，
這些人認爲散文優於詩歌，心中不時充滿天眞和冒瀆神聖的想法，
他們簡直把異端邪說看成是人類完整性的表露。
曼在年輕時代會帶著這樣嚴肅憤懣的觀點去看世界，
我們便不難理解他對人生的看法會是什麼樣子：
認定人生的目標——不管是結局還是目的——就是死亡。

・曼寫這本小說並不需要經過狄更斯和福樓拜的引導，
以便符合寫實主義原則的要求，
他有他自己想說的話，我們或許可以這麼說，
他寫這本小說是出於一種報復的批判心理……

・在一位偉大的小說家手上，
完美的虛構可能創造出眞正的歷史，
成爲既有小說藝術之表現，
同時又能成爲指陳眞理的最佳媒介。

〈譯序〉

寫實主義過時了嗎？

劉森堯

西方寫實主義小說在經過十九世紀整整一百年的發展之後，到了二十世紀初葉在表面上似乎已瀕臨強弩之末，它首先即面臨現代主義藝術創作觀念的挑戰，在世紀交接之際，整個西方世界經歷了前所未有的劇烈社會變動，人的意識形態跟著產生急遽變化，藝術創作上不管是思想內涵或是表現形式自然而然也跟著發生重大的變革，其中在小說創作方面，最大的變化就是現代主義觀念的萌生和發展，從一八八〇年代到一九二〇年代左右，傳統外在形式的眞實描寫至此必須轉入人物內在世界的細膩描寫，這時候，寫實主義的信念——服膺

「現實原則」——面臨苛刻的挑戰而不得不重新加以檢驗，然而，從二十世紀初至今一百年來，我們忍不住要問，寫實主義過時了嗎？寫實主義小說完全式微了嗎？

英國小說家高爾斯華綏（John Galsworthy, 1867-1933）於一九〇六年開始至一九二八年之間，出版他那著名六大冊的《福賽特家族記事》（*The Forsyte Chronicles*），在當時號稱是英國寫實主義小說繼狄更斯之後的偉大巔峰傑作，高爾斯華綏的文學聲望至此也幾乎達於巔峰，他更於一九三二年獲得諾貝爾文學獎。然而，當時英國文壇上對這部作品抱持不以爲然態度的人還是大有人在，其中特別以吳爾芙女士和D. H.勞倫斯兩人所發表的反對意見最爲有名，吳爾芙女士認爲這部小說大而無當，根本就不忍卒讀，D. H.勞倫斯則說：「故事很薄弱，人物缺乏骨肉，情感很虛假，一種偉大的虛假。」我們從今天眼光看，光從這套作品出版於一九〇六年的第一部《有產者》（*The Man of Property*）來衡量，這的確是一本平庸不過的寫實主義小說，不但敘述筆調軟弱無力，整體表現風格更是散漫無章，相對於湯瑪斯·曼出版於一九〇一年的《布頓柏魯克世家》（編

註：又譯《勃登布魯克家族》）一書，同樣是描寫一個商業中產階級家族的衰落故事，比較之下，恐怕就顯得遜色許多，簡直沒辦法放在同一水平去加以比較評論，唯一可以相提並論的一點是，這兩本作品都是奠立在傳統寫實主義手法上面去反映一個時代中商業世界的變遷故事，都是帶有史詩格調寫法的企圖，但問題是，同樣的題材背景，同樣的寫實主義風格，爲什麼湯瑪斯・曼會比高爾斯華綏超越許多呢？他所憑藉的優勢是什麼？比較他的一些寫實主義前輩大師，比如狄更斯和福樓拜，他的眞正成就又如何呢？這正是問題所在。有兩個問題，首先，十九世紀的偉大寫實主義小說家如何運作他們的寫實主義？亦即如何依循「現實原則」去重現現實的問題。其二，早在高爾斯華綏於一九〇六年出版《有產者》之時，吳爾芙女士等一些前衛作家即已宣告寫實主義的死亡，然而，從一百年後的今天眼光去看，寫實主義是否眞的過時了嗎？

美國著名歷史學者彼得・蓋伊（Peter Gay）教授於二〇〇二年出版的新著《歷史學家的三堂小說課》（*Savage Reprisals*），專門談論十九世紀寫實主義小說的創作方法，他特別從歷史學家的眼光去探索寫實主義小說的寫作風格，依創作年代順序，他列舉了三本著名作品：狄更斯的《荒涼屋》（*Bleak House*）、福樓拜的《包法利夫人》（*Madame Bovary*）以及湯瑪斯・曼的《布頓柏魯克世家》（*Buddenbrooks*）。這三本長篇小說剛好各自代表了寫實主義鼎盛時期，英國、法國及德國三個地區的偉大代表性作品，這三本小說雖然都是寫實主義的產品，都服膺「現實原則」的創作方式，但其寫作風格，甚至所專注的主題，卻未必都是相同。譬如，狄更斯的作品會比較偏向於對社會體制的批判，然後在惡劣的生存環境中彰顯人性的光明面。福樓拜除了對中產階級世界特別痛恨之外，他的寫實主義方法主要表現在用字遣詞的細膩風格上面，在這方面他甚至公認是現代主義的前輩導師，有人還捧他爲「新小說」的第一位大家。至於湯瑪斯・曼，他所生長的年代，從十九世紀末期跨入二十世紀直到一九五〇年代，以他的第一本長篇鉅著《布頓柏魯克世家》而論，他算得上是寫實主義的集其大成者。除了服膺「現實原則」之外，他更進一步探索哲學性的人生眞理：人生到底是什麼？要是容我用偏私的口吻下評判的話，我要說寫實主義到了湯瑪斯・曼手裡，在美學視野上已然到了登峰造極地步，他不僅是小說藝術大師，同時更是冷靜尖銳的人生觀察家。

《荒涼屋》出版於一八五三年，狄更斯那年四十一歲，正是他創作力最旺盛且人情世故臻於成熟的年紀，在這之前他才剛出版極成功的《塊肉餘生錄》，他可以說正是處在充滿相當自信的狀態之下，寫作這本在許多後人眼中是「偉大傑作」的長篇鉅著，有人認爲這是狄更斯最好最成熟的一部作品，甚至也有人認爲，這是英國十九世紀最偉大的一本文學傑作，事實上，這也是狄更斯自認僅次於《塊肉餘生錄》最鍾愛的自家作品。當然，這本小說也是狄更斯所有作品中，格局最龐大、故事最複雜、人物最獨特的一本小說，還有，在敘述策略運用上，也是狄更斯勇於創新的大膽嘗試之作——不同敘述觀點的交叉運用以及不同動詞時態的變換使用。

姑且不談文體和風格問題，就寫實主義這一環而言，狄更斯向來即以擅於批判社會著稱，他的寫實主義就是批判的寫實主義，但他絕不是社會改革家，他沒有這個能耐，也沒有這個本領，他只是個社會現象的見證者，他服膺「現實原則」，貼切寫出他眼中所看到的眞實面。《荒涼屋》正是一本典型狄更斯的社會批判小說，但其涵蓋面無疑更爲寬廣，它首先箭頭直指龐大顢頇的英國維多利亞時代的司法體制，小說藉由一樁纏訟多年的遺產繼承官司拉開序幕，然後側寫與這場官司所有相關人物，當然除了主要角色之外，還包括許多靠法律訴訟吃飯的衆多次要角色，比如法官、律師、抄寫員、訟棍等等。狄更斯年輕時曾在報館幹過實習記者，專跑法院新聞，他對這個圈子自然很熟悉，也樂於尋找機會發揮所長，《荒涼屋》提供給他大肆發揮抨擊英國司法體制的機會。

我們很難想像，在國勢極爲鼎盛的英國維多利亞時代，爲什麼社會仍會是一團齷齪混亂？滿街窮人和乞丐，資本家漫無節制不斷在壓搾勞工，難道國家的財富和繁榮果眞建立在剝削窮人這層事實上面嗎？《荒涼屋》一開始的描寫，瀰漫不散的濃霧，髒亂不堪的泰晤士河畔，所呈現的正是一幅帶有象徵意義的荒涼破敗景象。狄更斯筆下的描寫並無誇大不實之處，別忘了馬克思和恩格斯也正是在此同一時期，以英國爲基地發出他們馬克思主義的怒吼，他們蒐集數據和事實，以資證明這樣的社會非加以顚覆不可。狄更斯不是革命家，也不是理論家或行動家，他只寫小說，偶爾參與小型改革行動而已，他把他所生存的社會加以小說藝術化了，但他從未悖離他眼睛所看到的事實，以至於後來的歷史學家和社會學家，要回頭研究十九世紀英國社會的歷史，狄更斯是必不可忽略的一環。

然而，問題是，寫實主義小說家闡述現實世界可以走多遠？小說畢竟不是社會檔案，即使狄更斯的小說在當時曾經聳動了視聽，也推動了一些或大或小的社會改革，但他絕不是報導文學作家，他還有許多其他屬於藝術的迷人層面，他經常在小說中流露的幽默筆調證明他是個風趣的性情中人，他創造過許多性格鮮明的迷人角色，以及小說敘述技巧不斷翻新的展現，還有他那充滿音樂性的獨樹一幟的英文文體，據說他成名以後即不斷以職業性姿態當眾朗讀自己的小說作品，風靡了成千上萬的聽眾，這倒是世界文學史上極少有的現象：狄更斯的小說不但要用眼睛看，而且要用耳朵聽。我們今天讀狄更斯，絕不是為了探究維多利亞時代的社會事實，而是為了享受文學的樂趣，狄更斯可以源源不絕提供這些，他是永遠的大師，誰說寫實主義過時了呢？寫實主義小說也許已經式微，但從未過時。

福樓拜的寫實主義風格和狄更斯很不相同，他的魅力在別的方面。我們稱福樓拜爲「患有恐懼症的解剖師」，最能說明福樓拜是個什麼樣的作家，以及《包法利夫人》是一本什麼樣的小說。福樓拜一輩子在研究「愚蠢」的道理，事實上，《包法利夫人》一書的主題除了貪婪和庸俗之外，主要還是在研究愚蠢，色情和愛情都只是粗淺的表面。這本小說於一八五六年到一八五七年在雜誌上連載時，還曾因爲色情問題被告到法庭而聲名大噪，後來福樓拜贏了官司，但他很失望，因爲控告的主題不對。這本小說的故事並不吸引人，也缺乏說服力：一個愛幻想的少女嫁了一個平庸無趣的丈夫，後來連番紅杏出牆失敗而陷入債務煩惱之後服毒自殺。現代主義和前衛小說早已不再注意故事內容，他們要的是風格和用字遣詞的功夫，但這套功夫早在一百五十年前，福樓拜早就完成得差不多了，後來的人只是努力再加以發揚光大而已。

法國文學史上有名的圖畫之一是，福樓拜在斗室中坐困愁城，努力尋找適當的字眼去描繪愛瑪和情人第一次幽會回來之後的心情反應：天啊，我在戀愛了！圖畫之二是，福樓拜一手拿著解剖刀和愛瑪血淋淋的心臟，另一手拿著顯微鏡。他因爲過分講究文字風格，一段文字可以慢慢推敲，耗上兩個禮拜以上，一本《包法利夫人》可以寫上五年，而他自己還會宣稱，這本小說並沒有表現出什麼。當然，《包法利夫人》肯定是他的嘔心瀝血之作，他會說：「包法利夫人，就是我！」（Madame Bovary C'est moi!）這無非說明了，他在解剖愛瑪的同時，也解剖了自己，我們在審視愛瑪那「愚蠢」的愛情履歷之際，別忘了那背後都是福樓拜的滴滴血淚。

以「現實原則」的標準去看，福樓拜並未像狄更斯那樣廣泛去觸碰社會的眞實面，他的寫實主義不在「現實的重現」，反而是個人的「現實的重造」，他以精確的手法重新塑造了「福樓拜式的現實世界」，他藉此創造了一種別具一格的小說藝術方法，因而他的文學經得起一讀再讀，即使他那麼輕忽故事內容的吸引力，但《包法利夫人》的世界永遠經得起時間的考驗，永遠不會過時。

湯瑪斯・曼在寫作《布頓柏魯克世家》之時，寫實主義其實已經在巴爾扎克、狄更斯、福樓拜、莫泊桑和托爾斯泰等人的手上完成得差不多了，他有再超前一些嗎？曼並未眞正超前，他完全服膺「現實原則」，他描寫中產階級世界，他從自己的家族記憶中去塑造人物和發展故事，他並不批判，他只有反省，並臣服於人生命運的法則：衰落和死亡。這種叔本華式的有關意志的悲觀哲學論調，曼在這本小說中運用得多麼有力，多麼有說服力，而這本小說的迷人魅力主要竟然還是源自於此，而且，曼的寫實主義比他的前輩大師稍稍更爲超越的地方，恰恰也就是在這個環節上面，他用小說詮釋叔本華和尼采的哲學，還有華格納的歌劇，同時並追溯到歌德的源頭，因此，與其說《布頓柏魯克世家》是一本小說，倒不如說像是貼近歌德未曾寫出的有關生命悲劇的史詩，曼在向歌德致敬。

《布頓柏魯克世家》主要描寫十九世紀德國北部地區一個商業家族歷經四代，由興盛走向衰亡的故事，多少影射曼自己家族的事蹟。這個家族的衰落，除了命定的宿命因素之外，另一不可忽略的要素就是「藝術氣質的入侵」。曼這本小說比韋伯的《新教倫理與資本主義精神》一書的發表，在出版年代上足足早了五年，這兩本書，一本是小說，另一本是社會學論文，在基本論調上有其驚人共同之處：近代資本主義的萌發離不開嚴格自制和重金主義的新教倫理，而這些特點和缺乏自律的散漫藝術氣質是格格不入的。布頓柏魯克家族傳到第三代時在主角湯瑪斯的主掌之下，仍能勉強維持不墜的格局，但已經疲態畢露，他的弟弟竟日在外流連歌榭，不但一事無成，還不斷敗壞家聲，等傳到第四代時，湯瑪斯的兒子迷上音樂，對商務興味索然，這個商業家族至此就注定非衰亡不可了。其實，曼在小說中要批判反省的，不是中產階級，也不是藝術，而是生活，人的盲目生活意志造成了人生的悲劇，但是曼的筆調所要宣告的，人生如果不是悲劇，還會是什麼呢？我們仔細讀到書中主角湯瑪斯在四十歲英年早逝之前的一些篇幅的描寫，看到曼筆下的這個人物是如何的對生活感到厭倦，如何排斥庸碌乏味的商場應對，以及如何汲汲營營想要脫身當下窘境卻不可得，幾乎是近代小說難得一見的精采手筆，曼寫活了他眼中的人生眞諦，而這才眞正是他小說所要著重的「現實原則」，也是曼這本小說最迷人的地方。

湯瑪斯・曼出版這本小說時才二十五歲，而且書一出版就極暢銷，成爲德國文學史上最暢銷也是最長銷的一本小說，時至今日，不管小說藝術有所謂怎樣的進化，曼的這本作品從未過時，即使我們說寫實主義的小說風格早已式微，但其所呈現的眞理，卻永遠眞實不變，怎麼會過時呢？而且我還要大膽強調，《布頓柏魯克世家》會是一本永遠教人百讀不厭的偉大經典作品，和狄更斯及福樓拜鼎足而立，是永不過時的偉大寫實主義代表傑作。

最後要特別一提的是，研究文學的人向來較少從史學的角度去看小說作品，如今蓋伊教授這本書以歷史學家的眼光去看寫實主義的小說，無疑爲我們打開了另一層嶄新的讀小說的視野，我們可藉此以更宏觀的角度去看小說中的「事實」。這本書在翻譯期間曾得助於逢甲大學外文系主任王安琪教授的熱心指正，她是我的同事，也是狄更斯迷，我如今把這本書譯贈給她。

二〇〇四年九月識於逢甲大學外文系

序曲
超越現實的原則
Prologue: Beyond the Reality Principle

• 閱讀小說的方式絕對不會只有一種：
可以把它當作文明的樂趣之泉源，
也可以當作是尋求自我精進的教育工具，
同時也可看成是進入某種文化的門户。
• 斯湯達爾曾經把小說定義為沿著公路移動的一面鏡子，
這樣聽來很有意思，卻不夠完全：
這是一面扭曲的鏡子。

I

文學的寫實主義在十九世紀最爲風行鼎盛的時候，這種風格到處備受讚譽，其中以詩人惠特曼（Walt Whitman）所說的一句話最爲剴切中肯：「只要適當說出事實，則一切羅曼史立即黯然失色。」巴爾扎克（Honoré de Balzac）曾經很得當地把自己看成是「歷史的抄寫員」（amanuensis of history），這樣的論調將是本書要深入研究探索的一個主題，不過這倒說明了一個小說家的強烈現實感。一八六三年二月，屠格涅夫（Ivan Turgenev）有一次在巴黎的一個晚餐聚會中——福樓拜（Gustave Flaubert）、法國當時的批評泰斗聖波甫（Sainte-Beuve）以及日記撰寫者和小說家龔固爾兄弟（Goncourt brothers）等這些文學界名流都在場——這樣說，俄國的作家們，雖然遲了些，也都已經加入了寫實主義的行列。

事實上，即使進入了二十世紀之後，歐美許多小說家仍然繼續奉行「現實的原則」（Reality Principle），他們和讀者之間業已形成一股默契，大家要盡量貼近個人和社會的事實核心，只允許創造「眞正的」人物和環境，簡言之，他們的小說必須呈現出日常生活的眞實面。至於描寫英勇騎士和華麗冒險以及妖艷女色和不幸戀人這一類的浪漫傳奇，在他們而言是格格不入的。這些寫實主義者甚至會在他們的中產階級讀者的生活情境中，比如他們說話或生活的眞實樣子，去尋找寫作的素材，古典的現代主義作家像普魯斯特（Marcel Proust）或喬哀思（James Joyce），他們在小說中所創造的人物都一樣必須遵循人類本性的法則，事實上，《追憶似水年華》（*A la recherche du temps perdu*）和《尤利西斯》（*Ulysses*）這樣的小說作品企圖伸入人類內在的生活層面，前者以謹愼分析的手法著稱，後者則充滿許多語言學方面的實驗，他們的成就遠遠超越了和他們同時代的許多其他小說作家。無論如何，不管是前衛還是傳統，寫實主義的作家們總是不斷努力企圖去描繪具有可信度的故事背景和人物。

我在本書中預備要探討的三位作家都是寫實主義作家，但他們卻各有不同風格。他們作品的內容都一致指向世俗生活的忠實描寫，以狄更斯（Charles Dickens）而言，他的小說充滿許多異常行爲的描寫，甚至輕易把好人和壞人截然兩分，但他堅持——特別是《荒涼屋》（*Bleak House*）一書——他所呈現在讀者面前的一些想像的場景，都是符合自然和科學的法則的。湯瑪斯・曼（Thomas Mann）在撰寫《布頓柏魯克世家》（*Buddenbrooks*）一書時，他所依據的是他個人對留培克（Lübeck）早年生活的記憶，他在書中所塑造的人物大都以家族中的成員或以前的舊識或甚至他自己的哥哥海因利希（Heinrich）爲模型，他的目的也只是爲了讓他的小說讀起來逼眞而具有可信度。即使像福樓拜這樣的作家，那麼鄙夷當時流行的所謂「寫實主義」，甚至斥之爲曖昧和粗俗的代名詞，然而他自己在寫作《包法利夫人》（*Madame Bovary*）一書之時，還是發展出自己的一套寫實主義，以不厭其煩且直截了當的固執姿態去塑造他小說中的人物，讓他們看起來就像現實世界中我們所看到的那樣栩栩如生。所謂的「寫實主義」，不管作家、批評家或讀者如何定義，他們都會一致同意，一個嚴肅的小說家必須把自己嚴格限制在僅描寫有可信度的人物生活在有可信度的環境之中，然後參與有可信度（最好也要有趣）的事件之發生。

然而，隨著小說家地位的不斷提升，這種情形遂把寫實主義的領導者推向超越了現實的原則，他們不單只是平凡生活的攝影者和抄寫者，他們更是文學的創造者。他們超凡的想像力做到了社會科學家做不到的事情——所謂的社會科學家指的乃是社會學家、政治學家、人類學家及歷史學家等（本書下面篇幅我將以「歷史學家」統稱上述的這些社會科學家，以求簡便）——對他們而言，其首要之務乃是追求事實並給予理性的詮釋。因此之故，十九世紀的作家們大都能夠免除陳腐觀念的束縛——當然一切仍得維持在理性的範圍之內。十九世紀中葉，正當福樓拜在從事《包法利夫人》的寫作之時，曾經給他的女友路易絲・柯雷（Louise Colet）寫過好幾封很精采的情書，這些情書今天看來實在無異於有關美學的上等論文，他會在信中如此頻頻呼喊：「首要之務：愛好藝術！」

湯瑪斯・曼的《布頓柏魯克世家》出版之後，曾經在他的家鄉留培克造成不小轟動，同時還招徠許多敵意的批評，他感到很訝異，因為他並未想到他的鄉人會以「對號入座」的心態來看待他的第一本長篇小說，他帶著抗議的不悅口吻這樣說：「一個作家企圖所要描寫的現實世界，可能是他自己日常生活的世界，那會是他最熟悉也是最熱愛的世界。他會盡其所能將自己依附於這個現實世界所提供的一切細節，在小說中將其最深刻的特質以熱烈而忠實的方式去加以描繪出來，但對他而言——還有所有的讀者——在現實世界和他所完成的作品之間，必然存在著巨大的差異，換句話說，現實世界和藝術的世界此兩者之間一定會有所不同。」

寫實主義的策略可說相當富於表現力，但我們似乎無須對其過於苛求，我們不必過分要求寫實主義的寫實程度。誠然，寫實主義的小說家和讀者都知道得很清楚，寫實主義並不等同於現實世界。在《布頓柏克魯世家》這本小說之中，湯瑪斯・曼在推動故事進行之際，有時會在敘述中間寫上一句簡單話語，比如「兩年半過去了」，藉此提醒讀者，小說中故事的進行一晃眼已經邁過了一段時間。福樓拜在《情感教育》（*Education sentimentale*）一書的後面部份用短短幾個字「他去旅行」來簡單交代男主角如何繼續過他往後的生活，然後也一樣用很簡短的描述來交代男主角從一八四八年到一八六七年之間的所有行徑。寫實主義的小說用特殊手法把世界切開，然後再加以重新組合，藉以表現「長話短說」的效果，這是一個風格化的現實世界——往前推和扭曲——完全爲了作者在描述情節和人物的發展之必要而設計。這些小說家有時甚至也會訴諸巧合事件的發生或「神從天降」（deus ex machina）的設計模式，藉以解決情節和人物在發展時所衍生的困境，但不管怎樣，他們會強調，他們所刻劃的世界是絕對眞實的。

他們會進一步強調，寫實主義的小說是文學，而不是社會學或歷史。當然，這樣的小說會允許類似狄更斯的《荒涼屋》之中所出現的愉快或令人驚異的怪誕情節之發生，也可以接受福樓拜在《包法利夫人》之中對法國外省地區一位帶有憂鬱氣質美女之解剖式的描繪，還有，也可以欣賞湯瑪斯・曼在《布頓柏魯克世家》之中描寫最具顚覆性家族故事時，所頻頻使用的反諷筆調，這些都可以爲讀者帶來許多閱讀上的樂趣。我在此無意和文學批評家引發爭論，他們有時甚至會把小說家，包括寫實主義小說家，看成是懂得把瑣碎平凡的日常生活轉化成黃金藝術的煉金術士。我同時也無意阻撓讀者用他們自己的標準，他們自己的理解，還有他們自己的喜好，把小說看成是一種美學的產物，我只是想強調，小說實在是現代文明的一項極爲醒目的成就。

當然，閱讀小說的方式絕對不會只有一種：可以把它當作文明的樂趣之泉源，也可以當作是尋求自我精進的教育工具，同時也可看成是進入某種文化的門戶。我已經指出其中第一種並加以讚賞頌揚，至於第二種，這種方式充滿善意和誠摯，我預備留給精神的教育家和推銷員去處理。在本書下面的篇章之中，我想嘗試去探索第三種：把小說看成是知識寶庫來研究（極可能是豐富無比的寶庫），在我看來，想要在小說中提煉出什麼眞理來，這恐怕會是很煞費周章的一件事情。

和一般小說讀者一樣，許多歷史學家經常會忽略上述這層困難，他們會把小說看成只是和一般的檔案性資料一樣，僅在於提供某種社會性和文化性的資訊。當然，一個有頭腦的學者絕對不會把卡夫卡（Franz Kafka）的《審判》（*Trial*）一書看成是奧匈帝國時代有關司法體制的簡單報導，同樣的，他也不會把《城堡》（*Castle*）看成只是一位土地測量員在執行份內職務的故事。然而，十九世紀的小說家，特別是寫實主義小說家——例如葡萄牙的蓋洛茲（Eça de Queiroz, 1845-1900）、法國的龔固爾兄弟、美國的豪威爾斯（William Dean Howells, 1837-1920）——經常還是會以提供時代特殊資訊的姿態在從事小說創作，比如有的會著重在法律上面的描寫，或是社會習俗像父親在家庭中的權威地位以及婦女在家庭中所扮演的角色，或是婚姻嫁娶中經濟因素所佔的比例，或是一般公職人員的薪俸平均數額，或甚至主教發表談話時的正確模式是什麼樣子，所有這些竟然會是許多學者趨之若鶩的重要研究資料。

我們在此不妨看一下十九世紀西班牙小說家加多斯（Pérez Galdós）一本令人難忘的著名小說《福杜娜塔和雅辛達》（*Fortunata and Jacinta*, 1886-87），小說的背景設定在一八七〇年，這時一個歷史學家對這本小說的興趣顯然會著重在一堆與當時社會現象有關的重要資訊上面，例如當時馬德里的中產階級婚姻是什麼樣子，大學圈的知識風尚如何，以及商業交易和地方性政治怎樣運作等等。此外，像左拉（Emile Zola）寫於一八八三年的《女人的幸福》（*Au bonheur des* dames）這本小說，相信會吸引住一個社會學者的興趣的，有可能是小說中所描述的有關當時百貨公司的發展狀況，而不是其中所刻劃的通俗劇式的一廂情願愛情故事。上述的現象說明了爲什麼一本小說經常會讓人無法面面俱到去充分理解掌握的理由，因爲其中牽涉小說中許多不同場景的各種策略之運用，比如文化和個人，大與小，政治、社會及宗教等觀念和實際運作的問題，還有，荒腔走板的社會現象和時代的衝突等等。如果我們閱讀方式正確的話，一本小說會是一種絕佳的教育性史料。

一本寫實主義的小說在內容上可以說包羅萬象，且寓意也非常的重要，主要是因爲這樣的小說將其人物置放在一個特定的時空裡頭，好像這些人物都是生活在其文化和歷史天地裡的有血有肉個人，他們穩固地附著於他們所生存的世界之中，他們會有這樣的成長過程：起先當他們五或六歲的時候，就像是他們所生存的社會之小型綜合縮影，他們從正式的和非正式的長輩和師友——父母、兄弟姊妹、保姆以及僕人、老師、教士、學校同學——學得行爲的準則、品味的標準和宗教信仰等等，因此，一個生長在義大利的小孩會講義大利語或

主教派的小孩會依附主教派的信仰，這必然會是很順理成章的事情。這樣的小孩在經歷了早年的家庭和學校生活之後，他們便學會如何應對自己的兄弟姊妹、學校同學以及權威人物，有時會成功，但有時會失敗，成功時獲得獎賞，失敗時則是懲罰，總之，他們必須學會生存之道。寫實主義小說家們即是根據這些狀況來塑造其小說中的人物，讓他們盡量吻合生命中的一些基本道理。

小孩子在早年所習得的教訓，不管是輕易學來或是經過一番頑抗而得來，總是會不斷持續下去，這在維多利亞時代如此，在古希臘時代亦然，從柏拉圖的時代以至十九世紀初瑞士的教育改革者裴斯塔洛奇（Pestalozzi）的時代，情況都是一樣的。早在一百年前，弗洛依德就曾經下過與此相同的定論，英國詩人華滋華斯（William Wordsworth）甚至說過這樣有名的話：小孩乃人類之父（the Child is father of the Man）。一八五〇年，福樓拜去近東旅行時，在寫給母親的一封信中曾這樣說：「最初的印象總是無法磨滅，你知道得很清楚。我們總是帶著自己的過去往前生活，在我們一生的歷程當中，總會時時感覺到保姆的存在。」總之，一個人成長之後，是永遠脫離不了小時候家庭生活對他所造成的影響的。

馬克思主義的文學批評家經常抱怨說：「中產階級」的寫實主義小說總是無法充分描繪出其人物所生存和活動的社會背景，他們當中一位重要的理論家布列卡諾夫（G. V. Plekhanov）認爲，中產階級小說的批評者應該把藝術的語言轉譯成社會的語言。但是我們不必去學習辯證唯物論即可認出我前面說過的，大與小之間不斷而緊密的互相作用現象。霍桑（Nathaniel Hawthorne）在《紅字》（*Scarlet Letter*）一書中大肆發揚美國的清教徒精神，他並沒有憑藉任何的文學理論。杜思妥也夫斯基（Fyodor Dostoeyesky）寫《卡拉馬助夫兄弟們》（*Brothers Karamazor*）時，並未得助於任何有關弗洛依德的理論，他寫出了伊底帕斯情結。

我在本書中將闡明，想像的人物如何通過（或通不過）這個世界加諸於他們身上的各種試煉，在最私密的領域裡，在內心中——比如在《荒涼屋》裡主角對早期受虐的反應，在《包法利夫人》裡女主角對婚姻的覺醒，在《布頓柏魯克世家》裡一個商業家族家道衰落的過程。所有這些人物的反應都離不開文化上的因素，但他們對這些試煉的理解卻都是相當個人的，他們企圖試探其中之緣由，然後估量其所引發之結果。因此，我的做法不但可行，甚至還會引發許多意想不到的收穫，對研究社會現象的學生而言，讀小說時就像擺盪在大與小之間，然後探索其交互作用的道理。簡而言之，小說就像是反映現實世界的一面鏡子。

II

然而，我這樣做可能並不周全，斯湯達爾（Stendhal）曾經把小說定義爲沿著公路移動的一面鏡子，這樣聽來很有意思，卻不夠完全：這是一面扭曲的鏡子。狄更斯在《荒涼屋》之後，於一八五四年所出版的一本成熟作品《艱困時光》（*Hard Times*），可以說爲我指出了這個迷津。這本小說開始時，小說教師格拉德葛萊恩（Thomas Gradgrind）對著他的學生這樣說：「現在，我要的是事實，我們只要教導小孩認識事實就可以，其他什麼都不要。事實是生命中唯一首要之務，其他什麼都不必去理會。」狄更斯用揶揄的口吻稱這位說出此一苛刻教條的教師爲「現實的人」（man of realities）。隨著故事的發展，狄更斯更以一種吹毛求疵和辛辣的機智語氣來抨擊這位教師的教條：無情、冷血，根本就是在宣揚邊沁（Jeremy Bentham）和他的徒衆所標榜的違反人性的「功利主義」（utilitarianism）哲學。他顯然認爲當時風行於英國各地的無疑正是這樣的教條，而他筆下的工業城市柯克鎮（Coketown）也是功利主義的大本營。

狄更斯像扮演檢察官一樣，把證人叫到前面來，要他們承認他們所受的教育是如何可怕地被扭曲和誤導，因爲這種教育只注重知性而忽略了心靈。格拉德葛萊恩自己的兒子從小被慣壞而任性胡爲，他遵循他父親的教育信條，最後竟淪爲搶銀行的搶匪。至於格拉德葛萊恩的女兒，在她父親理念的薰陶之下，她的一顆心靈從孩提和少女時代以來就從未眞正獲得發展，她只知道唯命是從，也沒交到什麼朋友，最後下嫁給家財萬貫的銀行家龐德比先生（Mr. Bounderby），他是整個柯克鎮最有錢的人，遺憾的是，她並不愛這個丈夫，而且根本不想嘗試去愛他。

當然，狄更斯這樣的抨擊並不是在對一個哲學流派的嚴酷批評，這只是一種單純的諷刺手法而已，我們不必過度認眞看待這樣的批評，否則就會流於和格拉德葛萊恩對功利主義的誤導一樣。事實上，在一八三〇年代前後，邊沁的思想對英國人生活的影響，分析起來會是很複雜的一件事情。邊沁對當時英國法律和僵化的英國傳統毫不容情地大肆撻伐，他是個擅於運用心理學的激進主義者，精於算計享樂和痛苦的本質可以說是他的思想核心所在。他在英國國會有許多頗具名望的追隨者，他們甚至企圖把他的觀念轉化成立法的依據和行政的準則。當時的狄更斯也許太過於感性和無知，以至於無法欣賞邊沁思想的重要性。①

由上面的分析看來，小說對歷史學家而言實在是頗有可觀之處，即使有些小說有時會有不當的表現方式，但還是多少會帶有建設性的意味，比如對某個特殊階層之態度或宗教偏見的批判。像狄更斯這樣的作家，經常會以煽動性的手法來吸引讀者，進而贏得無可匹敵的廣受歡迎，他在他的同時代人之中，基本上還算是勇於歌頌善良和公正的一位作家。福樓拜在刻劃法國中產階級時，即使態度充滿惡意且手法有所偏差，但是對中產階級品味所擁護的文學和藝術的前衛風格而言，則恰恰能夠適時投其所好。至於湯瑪斯・曼，他在哀悼和惋惜德國貴族社會的衰落之餘，倒也能夠同時對社會動亂的現象提供了相當剴切的眞知灼見。但我們別忘了，任何人要是期待把小說當作涉獵知識的輔助媒介，恐怕必須先了解小說作者在知識上的局限，大抵限定在文化領域的理解和一些片段式的知識細節而已，他們有些人有時甚至還會有精神異常的偏執傾向。因此，我們在讀小說時，要是企圖把小說看成是探索社會的、政治的以及心理學的線索，那恐怕就非得把箭頭指向別的地方不可了。

III

有一種類型的寫實主義小說對作者和讀者會有一個特別嚴格的要求，那就是歷史小說，尤其是當小說中涉及到歷史上眞實人物時更是如此。比如有些著名歷史人物像羅馬皇帝哈德里安、羅伯斯比、拿破崙、梵谷、俾斯麥、羅斯福總統父子、史達林，甚至貓王普里斯萊，還有數不盡的其他人，這些人都曾經走入小說之中成爲主要角色。當小說家在刻劃這類人物時，如果是出於抒發他們個人的政治熱情或政治偏見（許多人的確曾經這樣做），那麼他們的作品所能提供的有關歷史的智慧就相當有限了，他們只是把讀者從別的地方已經熟知的史實加以戲劇化一番而已，要不就是更加油添醋一番，藉以滿足個人的政治觀點。②歷史小說的作者免不了會掙扎於已經定論的傳記事實和個人文學想像的翱翔之間，因此讀者必須容許他們在編織小說中主角人物的對話和思想時，有一點點可資自由揮灑的空間，只不過這個揮灑空間的界限要如何準確拿捏，恐怕會是一個值得注意的問題，因爲他們要用什麼樣子的字眼或是什麼樣的內容來呈現他們主角人物的對話，坦白說，能夠自由揮灑的範圍是相當有限的。萬一他們不小心，所編織的對話內容違背了史實，那麼他們所刻劃的歷史人物，比如俾斯麥或梵谷，就會淪爲某種意識形態或某種幻想的工具，會成爲另一種虛構的人物，這時整本小說就會變成徒有其名的歷史小說了。

創造現實是一樁吃力而嚴苛的工作，好比在拼裝馬賽克，其中有些片段不見了或是無法辨識。在從事寫作之時，虛構的篇幅有多少必須符合史實以及有多少可以自由想像發揮，這樣說來並無規則可循，在小說中如何去安排歷史上眞實人物的言談和行爲，其想像空間的發揮可能會因作家的寫作技巧和所掌握的歷史資料充分與否而有所不同，對於有才華並且充分掌握資料的作家而言，他可資發揮的想像空間是很大的。女作家希拉蕊・曼特爾（Hilary Mantel）在寫她那本以法國大革命爲背景的大部頭歷史小說《安全的地方》（*A Place of Greater Safety*, 1992）一書之時曾這樣說：「這本書所處理的事件極爲複雜，因此在戲劇化和陳述史實之間經常會互相引起衝突。」③這是一位歷史小說家必須解決的問題，曼特爾盡其所能貼近事件發生的日期和場所，至於人物方面，她的主要角色像羅伯斯比、丹頓、戴沐寧及馬拉則完全以符合史實爲原則，這方面她做得很好。然而，當涉及要刻劃這些主要角色的年輕時代及他們之間的緊密關係時，作者必須越過她手中所掌握的史實資料而稍稍發揮一下她的想像功夫（當然她必須小心翼翼以免想像得過了頭），而書中所描寫的最爲吸引讀者的恰好就是這個部份。對一些法國大革命的歷史專家學者而言，這本小說反而不像小說，毋寧像是一篇摻雜有想像風格的歷史著作，讀起來倒也沒什麼不妥之處。

一般讀者在讀一本歷史小說的時候，會輕易信任小說作家所寫的內容，正如同他們也會相信歷史學家所寫的內容一樣，這裡就有一個現成的著名例子：英國國王理查三世的故事，一般人都相信理查三世之所以會那麼惡毒的原因，乃是由於他那難堪的駝背所造成，但這畢竟與史實不符。莎士比亞在刻劃這位歷史人物的時候，無疑多少扭曲了歷史事實，由於他的寫作手法活潑生動，竟會讓我們讀來誤以爲他所寫的就是眞正的歷史，他把虛構變成了「事實」。對寫實主義的歷史小說而言，想要贏得讀者類似這樣的信任，說來並不是一件輕而易舉的事情。

我們不妨看看《戰爭與和平》（*War and Peace*）這本小說，藉以說明有關這方面題材的問題。托爾斯泰（Leo Tolstoy）在年輕的時候儘管過的是浪漫不拘的生活，但畢竟還是喜歡涉獵群籍，他讀了許多書。一八六五年，當他著手動筆寫《戰爭與和平》時，早已充分掌握了許多有關拿破崙戰爭的重要史實，他研究過許多的回憶錄、書信、自傳、歷史書籍，甚至還去訪問許多有關這段歷史的專家學者。他的主要資料來源大都是當時比較流行的歷史著作，比如其中最有名的就是法國歷史學家迪埃爾（Adolphe Thiers）所寫的大部頭鉅著《執政府和帝國的歷史》（*Histoire du consultat et de l'empire*）一書，這本大著主要描寫從法國大革命，歷經恐怖時期，以至拿破崙專政掌權並對外發動侵略爲止的一段歷史。這本多達二十冊的長篇鉅著對托爾斯泰而言，實在是個取之不盡用之不竭的珍貴寶藏，他能夠自由自在加以參考引用。

因此，托爾斯泰在寫《戰爭與和平》時手頭並不缺乏龐雜繁多的歷史素材可資運用，而且這些素材還都是相當的權威可靠，因而他在書中所描寫諸多涉及史實的部份，都經得起任何最挑剔的檢驗，事實也正是如此，我們在這本小說中不斷讀到托爾斯泰對拿破崙戰爭這段歷史鉅細靡遺的描寫，甚至連最微末的細節也不肯放過。此外，他還發展出一套激進的歷史理論：歷史上的大人物經常只是歷史洪流中一股他們無法辨認也無法克服的力量之傀儡而已，真理並不存在於名流們滔滔不絕的言論中，而是出自卑微農民或是粗魯而誠實的士兵口中，他們說出了自己國家民族的眞正精神。因此在托爾斯泰眼中看來，喜歡膨脹自身的虛榮並吹噓自己的行動可以改變任何事物的拿破崙，充其量也只不過是歷史洪流中一個值得同情的傀儡而已。至於他筆下的另一個重要歷史人物，在拿破崙於一八一二年入侵俄國時領軍與之對抗的庫圖佐夫親王（Prince Kutuzov），則搖身一變由一位宮廷人物變成了全俄羅斯靈魂的著名代言人。④托爾斯泰自認爲他的歷史哲學深具迷人的透視力量，但問題是，他在呈現歷史事實的時候，竟會不斷一廂情願誇大此一論調的重要性，以至於每當事實和他的論調有所衝突之時，他寧可犧牲事實去牽就他的論調。當然，儘管這本小說所呈現的是一段經過戲劇化的歷史，但我們讀的時候還是會把它當作文學作品看待。

Ⅳ

由上面所述我們應該了解到，我們在估量小說中所提供之證據的眞實性時，應進一步探索小說本身的問題，以及小說作者和他的社會背景。我們不妨借用吉卜齡（Rudyard Kipling）說過的一句話：就小說論小說，我們對小說到底了解多少？我們爲了能夠了解小說所能提供給研究者的是什麼，必須先了解小說是怎樣形成的。本書下面的篇幅所要探討的正是小說在一個時代的文學和政治之中如何形成，以及小說作者如何賦之以生命形式。

概括而言，我們可以歸納出小說寫作動機的三個主要來源：社會、技藝以及個人心理學。當然這三樣東西並非截然可分，而是互相交融在一起的，並由此展現了文學創作活動的複雜過程。把這三種東西置放在一起，不分比例大小，然後就創造出了一幅畫像，一個雕像，一齣戲劇——一本小說於焉形成。只有三或四流的作品才會取決於單一動機來源的大而化之詮釋：一個受雇去爲人捉刀的作家，他的寫作動機只爲圖利而已，一篇平庸乏味的史詩必定是出自其作者對前人的拙劣模仿，一位作家的第一本作品大都會帶有習作味道，通常都是他個人早年記憶的反映再現。要歸納出文學的眞正特質，其中以由最內部的動機之昇華所引發的心靈運作最爲突出，但是基本上而言，我上述三種創作動機的來源——小說家的社會背景、小說家的技藝水平以及小說家的心靈狀態——此三種要素之互相交織衝突才是最爲圓滿的狀態。

在這三種要素之中的最後一個，行動的心理學泉源，包含了潛意識的願望和焦慮，這顯然帶有雙重職責的性質。對小說作家而言，最終會對他們帶來至大之衝擊的，不單只是他們的文化中所發生的一切，同時還包括他所塑造出來的文化，而且，這樣的衝擊也不單只是反映在他的專業性質對他的要求上面，這還涉及到他如何塑造其專業水平的層次問題。這聽來好似我企圖以精神分析的方式去閱讀一位作家的作品，即便如此，我認爲這似乎也是無可避免的一種傾向。這樣的傾向會幫助或阻礙對文學作品的理解，這得看我們怎樣去運用這個現象。比如說像喬治・艾略特（George Eliot）的《織工馬南傳》（*Silas Marner*）這樣的小說，一方面可以看成是作者爲了撫平她生命中的創傷而寫——事實的確如此——但另一方面，除了強調這個片面的詮釋觀點之外，其他層面的探索研究似乎也是必要的。所有簡單的和片面的閱讀，包括弗洛依德的精神分析，都會輕易落入我們向來所鄙夷的大而化之的「還原法」（reductionism）之窠臼，這不但無趣，甚至根本就不夠周全。

V

自從十九世紀末葉以來，一些現代主義作家之所以杯葛寫實主義小說，正是源於此一「還原法」觀念在作祟所致。幾部現代主義的經典傑作，如喬哀思的《尤利西斯》或普魯斯特的《追憶似水年華》，還有吳爾芙（Virginia Woolf）的《達洛威夫人》（*Mrs. Dalloway*），這些作家無不汲汲營營於追尋能夠充分捕捉複雜的人類本質之表現技巧，藉此超越前人如左拉或方坦納（Theodor Fontane）等人的成就。此外尚有一些次級現代主義作家，他們有的甚至以用字遣詞、敘述觀點、內心獨白甚至大膽顛覆標準英文之用法等種種實驗手法，企圖藉此來凸顯自己和前人的寫實主義之差別。

其實，從某個角度看，這些革新者基本上還是寫實主義者，寫實主義的小說從未眞正消失。上述那些革新者只不過是爲小說作者更進一步敞開現實世界的門扉而已，舊的寫實主義作家也聲稱他們曾表現過其作品中主角的行爲動機，只是他們的表現方法比較間接，好讓讀者從角色的行爲當中去推斷他們的心理狀態。相較之下，新的寫實主義作家則直接滲透到角色的行爲表面底下，好像作者的心靈是其作品裡必不可缺少的探險媒介，如此一來，其所創造之虛構角色就成爲其心靈之代言人，這有待謹慎小心去分析解構。這時候，引起讀者感興趣的反而不是故事，而是有關心理學的要素。由此看來，舊的和新的寫實主義作家實際上乃屬於同一個範疇，但他們之間還是存在著某些重要的差異。

沒有一位現代作家像吳爾芙女士那樣，那麼清晰明白地觸碰這條鴻溝。一九二四年，她寫了一篇題名爲〈班奈特先生和布朗太太〉（Mr. Bennett and Mrs. Brown）的著名文章，她在文中特別指出，她所要求的寫實主義絕對不滿足於只是描寫故事人物社會性的外在表面行爲。許多人都讀過這篇文章，也都認同她在文章裡所提出的觀察：「一九一〇年左右，人類的性格改變了。」她所說的改變指的是「宗教、行爲、政治以及文學」等方面的改變，不過她要進一步說明的則是她所關心的文學方面的改變。她特別提出和她同時代的另一位小說作家班奈特（Arnold Bennet）的看法爲例子來闡述她的論調：「一本好小說的基礎在於故事人物的創造，此外別無其他。」她完全同意班奈特的看法，「我認爲所有小說……都在處理人物角色的問題，也就是都在表現人物角色——不說教，不唱高調，也不歌頌大英帝國的榮耀，這樣的小說雖內容豐富，委婉曲折，但大都嚕嗦冗長、繁瑣乏味，也缺乏戲劇性，如今我必得好好加以改善。」

然而，班奈特在寫自己的小說，在創造他的人物角色之時，經常並未好好做到他自己所提出的原則，這正是吳爾芙女士要反駁他的地方，她隨便舉出他的一本小說《希兒妲・雷斯維絲》（*Hilda Lessways*），並提出她的批判觀點：作者不厭其詳描述女主角從她的窗口所看到的城市景觀，繼則對女主角所住的房子之所有細節努力鋪敘個不停，甚至連她媽媽怎樣付房租的雜碎瑣事也要花費筆墨去做一番詳盡報告。在吳爾芙看來，這些都是錯誤的方法，是一種蹩腳而缺乏創意的寫實主義方法。當然，她也未必盡然把十九世紀的寫實主義小說都看成是失敗的作品，至少像托爾斯泰的《戰爭與和平》，她就認爲把「人類經驗的一切主題涵括殆盡，幾乎無所不包」。顯然吳爾芙並未強制要求每個作家者必須是個現代主義者，也沒要求每個人都應該符合她所提出的那種既深且廣的寫實主義風格。

對研究狄更斯、福樓拜和湯瑪斯・曼等人之寫實主義的學生而言，這裡有一個重要的課題值得稍加注意：我們可能會懷疑，像狄更斯這樣一位文學史上少見的偉大諷刺漫畫家，是否眞正做到了如他自己所相信的，全然滲透了人類的現實世界。我們將會看到，這是一個難題，因爲透過誇張的方式去接近眞理的道路不會只有一條。不過，在本書以下的篇章裡頭，我把狄更斯和《包法利夫人》及《布頓柏魯克世家》的作者置放在一起相提並論（《包法利夫人》還是吳爾芙偉大小說作品名單中的一本），我將闡明，我上述的看法是正確的，他們這三位作家將留給歷史學家許多事情做，特別是對弗洛依德無所畏懼的歷史學家。

註釋

①韓福瑞・豪斯（Humphry House）所撰寫的《狄更斯的世界》（*The Dickens World*, 1941）一書中有這麼一

段話：「許多人現在還會讀狄更斯，他們把他的作品看成是社會不公的紀錄和批評，好像他是個偉大的歷史學家和社會改革者。」（頁九）他當然兩者都不是，至於他對功利主義的態度，豪斯寫道：「我們無法知道他是否不喜歡邊沁的理論，因爲我們找不到證據可證明他懂那些理論。」（頁三八）

②請參閱維達爾（Gore Vidal）的《黃金年代》（*The Golden Age*, 2000）一書，這本小說扭曲了一個重要觀點，認爲羅斯福總統挑撥日本人去偷襲珍珠港，像這樣的小說顯然變成了一種政治性的誹謗，而不是一本「可靠的」歷史小說。

③「讀者可能會問要如何去區辨小說中的事實，」她說，「一個簡略的指引：看起來感覺特別不像的，很可能就是眞實的。」這聽來很有趣，她小說所處理的是一個迷人的時代的故事，這樣的說法並非不能成立，但這不能當作一般通則。

④以撒·柏林（Isaiah Berlin）在《猬與狐》（*The Hedgehog and the Fox*, 1993）一書中如此寫道：「托爾斯泰毫無疑問有權利賦與他的小說人物，譬如貝朱柯霍夫或卡拉塔也夫（那位有智慧的農夫），所有他所欣賞的美德：謙遜、來自官僚或科學性的自由自在或某種盲目的理性。庫圖佐夫親王可是個歷史上的眞實人物，我們可以從《戰爭與和平》較早的草稿中看到，他原來是一個顢頇老邁、腐敗墮落的宮廷人物，這些都是有稽可查的歷史事實，但在拿破崙戰爭中由托爾斯泰筆下寫來，卻搖身一變而成爲令人印象深刻的全俄羅斯民族的象徵代表，高尙純潔而充滿處世智慧。」當這種轉變完成之後，「我們就把事實拋諸腦後，然後走入一個想像的領域，一個歷史和感情的氛圍，一切跟事實有關的證據開始顯得虛無飄渺，而這正是托爾斯泰特殊的藝術性處理手法，他對庫圖佐夫這個角色的神化描寫雖說多少有些違反歷史事實，但卻符合他心目中所亟欲呈現的眞理。」（頁二八）

1

憤怒的無政府主義者
狄更斯的《荒涼屋》

The Angry Anarchist: Charles Dickens in Bleak House

《坐在書桌前的狄更斯和他所創造的小說人物》，原來的標題是《被他的小說人物所包圍的作家狄更斯》（Author Charles Dickens surrounded by his characters），繪者 J. R. Brown，作畫日期不詳。

• 法庭可以說代表著狄更斯最喜歡刻劃的反派角色之一——法律。

「法律，是驢，是白痴。」

狄更斯在《荒涼屋》之中則更進一步強調：

法律不只是愚蠢，同時也是邪惡的。

• 他由介紹大的場景來展開他的故事：司法大廈，

以及在背後襯托它的更大的背景——倫敦。

簡單介紹環境背景之後，忙不迭立即切入與人物有關的事務之核心：

權威的濫用和法律的耽擱。

這是一場沒完沒了的官司纏訟……

I

狄更斯擅於在他小說中的某些關鍵性時刻裡展現他的看家本領，保證經常會讓他的維多利亞時代讀者讀到感動落淚的，就是他對感傷的死亡場景的描寫，特別是在《荒涼屋》這本小說裡頭，他以極精湛手法描寫了幾個角色的死亡，首先是那位可愛、固執的年輕人卡斯代（Richard Carstairs），他因為想一夕致富的美夢之破滅而傷心絕望死去，其次是女主角的母親戴德洛克夫人（Lady Dedlock），她死在自己情人的墓旁，然後是喬（Jo），這位渾身髒兮兮而又目不識丁的煙囪清潔工，他在小說中的死亡適巧給予狄更斯有抨擊他那些冷硬心腸之同胞的絕佳機會。不過，這其中最精采的莫過於對柯魯克（Krook）突然暴斃的描寫，這是一個畏瑣而卑鄙的專收破爛的小商人，有一天，他突然倒斃死在他的那堆破爛當中，這個特別的死亡方式未必能夠贏得讀者一掬同情的眼淚，卻頗能令人留下深刻印象。狄更斯期待他的讀者能夠相信，柯魯克的死亡是一種

「自然的引爆」（spontaneous combustion）個案。

然而，有許多人並不這麼看，有些人甚至還帶著懷疑口吻提出他們的反對意見，其中有一個人就是路易斯（G. H. Lewes），他是個聲名卓著的雜誌編輯和文學評論家，同時也是喬治・艾略特的密友，頗具幾分才華，他聲稱「自然的引爆是一種無稽之談」。狄更斯為此出面辯駁，他認為他以這種奇特方式處理一個小說人物，絕不會只是一種專為討好人的文學伎倆，其中並無不妥之處。他在《荒涼屋》的序言裡還特別舉出十八世紀一些專家的說法，說明過去至少有三十個「自然引爆」的眞實案例是有稽可查的，他進一步強調，希望熱愛他的讀者能夠諒解：「我絕對沒意思要誤導我的讀者，我在描寫這一段插曲之前已經仔細研究過許多這方面的相關資料。」然而，他的辯駁說詞並未具有多少說服力，當我們談到十九世紀的寫實主義作家時，狄更斯絕對不會是第一人，但他一直想強調，他所掌握的現實世界是眞確無誤的。

狄更斯同樣為他在《孤雛淚》（*Oliver Twist*）一書中所刻劃的妓女南茜（Nancy）做過許多辯駁，薩克萊（William Thackeray）曾批判他在該小說中所創造的

「南茜小姐一角實在是一個不眞實到極點的角色，」然後又繼續說道：「他在描寫這類女人時不敢說眞話。」狄更斯在一篇序文中這樣生氣反駁道：「去爭論這個女人的行爲和性格是自然還是不自然，是可信還是不可信，或甚至對或錯，都是沒有用的，我只能說，這一切都是眞的。」他把「這一切都是眞的」這句話的每一個字都用大寫字母寫出，好像期盼用印刷的喊叫方式去壓倒理性的爭辯。在這場爭論中凸顯了一個問題：狄更斯把妓女描寫成具有一顆「金心」（heart of gold），他的小說恐怕難免有淪爲低級格調之危險，這種低格調作品他們當時稱之爲「新門小說」（Newgate novel），這類作品經常會把一些罪犯加以理想化，把他們寫成像是法外的英雄人物。儘管有此種聯想的疑慮，狄更斯並不以爲意，他仍堅持他所塑造的人物和所鋪叙的他們的故事，全都是眞實的。

《荒涼屋》中有一個叫做史金波（Harold Skimpole）的角色，眞正說明了狄更斯的小說人物是根據事實來描寫的。這個角色雖然不是小說的核心人物——有些評論家甚至認爲這個角色穿插得很勉強——但是如同小說中其他角色，對情節的發展還是有必要的。這是一條寄生蟲，到處騙吃騙喝，他一天到晚聲稱他只爲詩和音樂而活，同時鄙視金錢。他的口才很好，許多人都被他天花亂墜的言語所迷惑，以至於看不出他一直在無恥地剝削他的朋友和家人。

有些讀者認爲這是狄更斯小說中最「有意思」的人物之一，但是熟悉他圈子的人都很淸楚，這個角色在影射一個人，這個人叫做雷・韓特（Leigh Hunt）。韓特是個個性溫和的詩人、自由派散文家及多產的劇作家，但他對十九世紀英國文學的主要貢獻還是在於編輯工作方面。他認識文學界的每一個人，他在他的雜誌上提拔過不少作家，其中還包括詩人濟慈（John Keats）。他經常缺錢，因爲他必須用他那微薄的編輯雜誌的收入養家活口，同時還要照顧酗酒的老婆。狄更斯在《荒涼屋》中所描寫的那位邪惡的自戀狂，其實在許多方面都不像韓特，除了一樣，那就是缺錢。他要求爲《荒涼屋》畫插圖的人把這個角色畫成矮壯的樣子：不像是出身名門的樣子，而事實上韓特卻是長得細瘦高䠷。儘管如此，這樣的僞裝還是矇騙不了狄更斯和韓特的圈子的人。

當然，狄更斯自己心裡很淸楚，他創造這個角色所要影射的對象正是韓特。他於一八五三年九月寫給一位叫做華生太太（Mrs. Watson）的友人的一封親密信函中，透露爲刻劃史金波這個角色而覺得洋洋得意：「我覺得這個角色刻劃得維肖維妙，眞不是語言所能形容！我很少這樣做，那種相像的程度眞教人驚訝，相信他本人都沒可能那麼像。」他說他以後再也不幹這樣的事情，只不過在史金波這個角色身上，「一點都沒有誇張或壓抑的成分，這絕對是一位眞實人物的翻版，當然我已盡力把他們的外貌描繪得不一樣，其他則是栩栩如生像到了極點」。大約六個星期之後，他在寫給韓特的一封信中這樣說道：「每個人在寫作時都會根據自己的經驗下筆，我也一樣，我寫出了我和你之間的交往經驗。」

後來不知道基於什麼理由，狄更斯竟會感到良心不安，一八五四年的十一月初，他寫了一封信給韓特，跟他否認他先前所說過的話，「這個角色不是你，和這個角色的特徵相同的人至少有五千人以上，相信你應該了解這一點才對。」總之，狄更斯對這位朋友的粗魯影射，在感到歉疚之餘，除了用謊言安慰他之外，別無他途。在這種情況之下，他可眞是名符其實的寫實主義者了，遠遠超乎他自己所願意承認的狀況。

II

然而，對狄更斯而言，寫實主義並不等同於對現實世界的照本宣科。《荒涼屋》一開始描寫倫敦的一場大霧，作者藉著描繪大都會生活中的難堪事實來襯托某種政治觀點的隱喻。「倫敦，米迦勒節（Michaelmas Term）才剛剛結束，」——這是小說的第一句話——「大法官正端坐在林肯司法大廈裡頭……」然後，跳過一段：「到處都是霧，河上瀰漫著霧……霧籠罩著河邊的碼頭以及這個髒亂大城市的整個被污染的河岸。」這裡所呈現的兩個現實層面密不可分，狄更斯的企圖很明顯：「在這場濃霧的正中間，大法官坐在他的法庭裡。」

《荒涼屋》的有心讀者當不難看出，狄更斯向來描寫霧景都會有其不同尋常的意義要表達。這顯然是對非理性的僵化現象和任性的蒙昧提出暗示性的批判，在狄更斯眼中看來，非理性的僵化和任性的蒙昧正像一場枯萎病，由司法大廈慢慢往整個倫敦的四周圍蔓延開來。這樣的隱喻手法在這裡並不如未來故事發展後所呈現出來的那麼明顯，但是法庭可以說代表著狄更斯最喜歡刻劃的反派角色之一——法律。「法律，」《孤雛淚》一書中曼波先生（Mr. Bumble）這樣說道：「是驢，是白痴。」狄更斯在《荒涼屋》之中則更進一步強調：法律不只是愚蠢，同時也是邪惡的。

狄更斯向來不擅於表達象徵主義，但是在這裡，倫敦屋頂上的煙囪從燒煤炭的火爐和壁爐所噴出的濃濃黑煙，交雜著濃濃的霧氣，都是很好的象徵主義素材，透過對這種濃烈霧氣所形成的一股陰霧氣氛的鋪陳，作者得以進一步大幅度暴露他所要打擊的惡魔。事實上，早在這之前他早已運用過這種對霧的描寫手法。一八五〇年的十一月，他曾寫過一篇文章，刊登在他該年年初所創辦的，一本叫做《家庭話語》（*Household Words*）的雜誌上面，他在這篇文章以隱喻手法巧妙描寫一場大霧。「布勒太太和她的兒女們圍坐在火爐旁邊，這是十一月裡的一個黃昏，外面一團泥濘，一片昏黑，霧氣濛濛，房裡的客廳早已為一片霧氣所籠罩。」布勒太太屋裡的壁爐雖然有很好的通風設備，可惜就是少了防霧的設施。這篇文章的篇名叫做〈一般常識〉（Common Sense），意思眞是再明白不過了。

小說開場的寫法有好幾種，作者可能一開始就直接介紹主角，我們記得《白鯨記》（*Moby Dick*）開始時這樣寫道：「我叫做伊斯麥爾。」普魯斯特那本曲折婉延的長篇鉅著這樣開始：「許久以來，我都習慣很早上床。」狄更斯有時也會引用這樣的技巧，「我是否將成爲我自己一生的主角，或是將由其他人來主宰我的一生，本書將會有所交代。」他在《塊肉餘生錄》（*David Copperfield*）一書中以這樣的方式介紹主角大衛・考勃菲爾的出場。《荒涼屋》的開場方式迥異，他並不由介紹人物開始——法庭裡的大法官不能算做小說人物，他只是一個披著外衣的權威象徵而已——他由介紹大的場景來展開他的故事：司法大廈，以及在背後襯托它的更大的背景——倫敦。作者在簡單介紹環境背景之後，忙不迭立即切入與人物有關的事務之核心：權威的濫用和法律的耽擱。這是一場沒完沒了的官司纏訟，小說中的所有人物都圍繞在這場彷彿沒有止盡的，叫做「詹蒂斯和詹蒂斯」（Jarndyce and Jarndyce）的纏訟官司上面打轉。

讀者從小說一開始便立即面對了有關社會力量加諸於個人身上之現象的苦澀描寫，狄更斯在此部署了大與小的對比，個人命運和社會問題的互相糾纏，寫來不慌不忙，不疾不徐。這本小說讀來就像是一齣大型的十九世紀歌劇，充塞著閃爍發亮的星星和手持刀槍的衛士，儘管有人批評其爲雜亂無章，但基本上這還是一本寫得很得當的小說。每一個角色無論大小——比如上文提到的史金波——都在小說中適得其所，發揮了必要的作用。而狄更斯在小說中花費許多筆墨所描寫的這場大霧，則像是一股無所不在的社會力量，深深影響著並漫無止境主宰著故事中人物的命運。

詹蒂斯先生是陷入這場官司的不幸家庭中的一份子，同時也是這場官司的核心人物。他以好善樂施聞名，經常會伸出援手幫助陷入不幸境遇的人，在這場纏訟官司中，比起其他受害者，他還算是幸運得多。他以監護人身分收養了一對陷入熱戀中的年輕男女，男的叫做理查（Richard），女的叫做艾達（Ada），這對男女不久之後還祕密結婚，不幸的是他們後來都沒得到很好的下場。理查和其他許多人一樣也加入了這場訴訟官司，甚至還變得執迷不悟，他不理會任何證據，一心一意只盼能從這場官司中獲取金錢上的利益。艾達對他的熱烈的愛亦無法將他從這場迷夢中喚醒，他越陷越深，最後終至死於「詹蒂斯和詹蒂斯」這場纏訟官司中。

在這場官司之中，也有不少法庭的周邊人物一樣一起陷入這場非理性之爭，我們上述的柯魯克，這位「自然引爆」的人物，起先看似遠離詹蒂斯案子的是非圈外，但當他發現手頭握有對他有利的與此案件有關的文件時，也忍不住一起涉入了。在這些周邊的邊緣人物中，最可憐而值得同情的莫過於溫和善良的女瘋子弗萊特（Miss Flite）這位老小姐了，她從不錯過法庭的任何一次開庭，並且一天到晚宣稱有一天大家會看到她的案件水落石出。此外尚有其他多人被法律所糟蹋，希望跟著一起破滅，在正常狀況下，他們的希望是不會破滅的，但在狄更斯筆下的這個法庭，和所謂的正常狀況畢竟還是格格不入的。

在這齣殘酷的戲劇中，如同其他案子，還是有某些參與的人能夠從中牟利：

律師。他們經常都是與當事人虛與委蛇，讓他們懷抱空洞的希望，可是大家心裡很清楚，法庭是不會給予他們希望的——在《荒涼屋》中，律師可以說是最爲冷酷的一群。事情的狀況經常是這樣的，一場有關財產繼承的官司經年累月打下來，一旦結案時，當事人恐怕什麼都得不到，因爲得到的財產必須抵付訴訟費用——全都流入了律師的口袋之中。小說中其他人物像史納格比先生（Mr. Snagsby），他是一位膽小而神經質的文具商，在這次訴訟中不計較一切爲律師源源不絕提供訴訟所需之文具，最後也是落得所費不貲的無趣下場。像史納格比先生這樣的角色，對從一八五二到一八五三年讀這本小說連載的讀者而言，實在是大惑不解。他專門雇用人手與他的顧客抄寫訴訟文件，其中有一個窮困而沉默寡言的抄寫員，有一天竟莫名其妙死了，此後小說竟再也未提及此人。這樣的角色在英國社會中，可以說是屬於和詹蒂斯圈子另一極不相同的世界，不但沒沒無聞，甚至根本沒有人理會他們的死活。

《荒涼屋》故事游移於兩個不同的世界之間，狄更斯並不單單只是停留於第二個世界之中。小說第一章〈在法庭裡〉（In Chancery）之後，緊接著第二章是〈時髦〉（In Fashion），我們立即跟著走進了另外一個世界，在這個世界中，首先登場的人物是戴德洛克爵士（Sir Leicester Dedlock），他是個子爵，年紀約莫六十開外，階級意識很強，知性不高，且有點傲慢自大，他最喜歡的事情就是看著他所熱愛的舊英國怎樣被一群所謂的改革者顛覆。他對他的太太，亦即戴德洛克夫人，可說忠心耿耿。夫人的年紀至少比他小二十歲以上，仍很漂亮，且氣質高雅，但另一方面又顯得冷漠而不太愛說話的樣子，一副不愛搭理人的故作姿態樣子。這對夫妻不時在鄉下大宅和城中房子之間來回走動，有時也會去巴黎尋找樂子，他們的身旁始終圍繞著許多的親戚和僕從，這些人不管是有錢還是收入有限，卻都有一個共同的特徵，那就是非常的時髦。

顯而易見的是，狄更斯在小說中刻意呈現兩個截然不同的世界，必定有他不得不然的理由。這篇故事的女主角艾絲勒・山姆遜（Esther Summerson），她可不像前述那位在讀者眼中匆匆一瞥的卑微抄寫員，她支撐整本小說的大樑，聯繫兩個不同的世界。她從小是個孤兒，和艾達及理查一樣，都是為詹蒂斯先生所收養的年輕人。故事慢慢發展之後，我們會知道她是戴德洛克夫人婚外的私生女，而那位突然暴斃的法律抄寫員正是她的生父。《荒涼屋》這本小說一共分爲六十七章，其中有三十三章的篇幅乃是由這位女孩以第一人稱方式敘述，從她的觀點去看故事的發展，因此，在這本曲折委婉的小說之中，她是唯一一個角色能夠就近觀察幾乎所有的人物，並且從頭到尾參與故事中所發生的一切。她和狄更斯其他小說中的女主角不一樣，她的個性很主動活潑，經常會以很得當的謙遜姿態發表許多她個人的意見。她經歷許多的不幸和挫折，還有疾病，最後下嫁給一位叫做亞倫・伍德寇特（Allan Woodcourt）的年輕醫生，這是一位心腸慈善的理想主義者，他關心病人遠超乎關心他自己。我們可以這樣說，兩個不同世界的互動，女主角艾絲勒個人的成長及至最後尋得幸福婚姻的歸宿，以及無所不在的「詹蒂斯和詹蒂斯」的訴訟案件，這三個不同層次的描寫乃構成了《荒涼屋》這本小說的核心所在。

有許多讀者可能會覺得，艾絲勒這個角色妨礙到了他們閱讀這本小說的全然樂趣。這是一個純然超乎人性的完美人物，她生性虔誠善良、謹愼、謙卑、可愛、工作勤勉、漂亮，而且還具有早熟的領悟力。她在出場自我介紹時這樣說：「我一直都很坦然自在。」別人對她不好，她可從來不會記恨，每一個她遇見的人都會立即爲其魅力所吸引：粗魯的工人和他們受壓迫的妻子、鄉紳、病人、怪人、瘋子，當然還有小孩。她雖然涉世未深，沒什麼人生經歷，卻很快就成爲詹蒂斯先生可靠而充滿想像力的管家，她手上掌管著整幢大宅無數房間的大大小小鑰匙，她必須料理全家大小的一切食衣住行，還有，她必須樽節開銷。無怪乎她那位可敬的監護人會無視於年齡上的差距，最後竟忍不住愛上了她並對她提出結婚的要求，她在受寵若驚之餘，儘管心裡早已有所屬，竟也答應了對方的提議。詹蒂斯畢竟還算是個心胸寬宏而識大體的人，在他獲悉眞相之後，毫不遲疑就把她交到那位幸運的年輕醫生手上，他對這位年輕對手這樣說：「亞倫，把她當作珍貴的禮物從我這裡帶走吧，她會是一個男人所能得到的最佳妻室。」他只盼望他們結婚之後能偶爾回來這幢大宅看看他，事實上他早就把這幢房子當作禮物過繼給他們了，他說：「我只是想偶爾分享一點你們的幸福而已，我有犧牲了什麼嗎？沒有，完全沒有。」坦白說，像這一類的描寫，連狄更斯最忠實的擁護者都會讀到皺眉頭而坐立難安。

顯而易見，狄更斯太過於一廂情願把許多美德堆砌在一個單一人物上面，像這樣的理想女性形象只存在於男人的幻想之中，他們從小在心中把自己的母親塑造成像聖母那樣的形象，以致長大之後竟無法克服這樣的幻想。誠然，在狄更斯那個時代，畢竟還是有不少評論家頗能欣賞艾絲勒的美德，狄更斯一位叫做福斯特（John Forster）的親密好友，他可是一個不帶偏見的見證人，他特別喜歡有關艾絲勒前面部份的敘述：「狄更斯最迷人的手筆，事實上也是全書寫得最好的部份。」然而，有些維多利亞時代的其他人並不這樣看這個角色，特別是那些心靈冷酷的人，比如前述的批評家G. H.路易斯就說，艾絲勒．山姆遜這個角色是狄更斯的「最大敗筆」。另一位《觀察家》（*Spectator*）雜誌上不具名的評論家，顯然對狄更斯在這個角色身上的誇張描寫感到很不耐煩：「像這樣一個女孩子，如果她在《荒涼屋》中必須時時做無聊瑣碎的雜事，或是料理製造果醬這類事情，相信她就不會有閒情逸致去寫出自己的回憶錄，然後在裡頭大肆吹噓自己的種種美德。」另有一篇刊登在《班特利雜文集》（*Bentley's Miscellany*）裡頭的評論，認爲不只艾絲勒，連詹蒂斯先生也一樣，都刻劃得很不眞實，特別是詹蒂斯先生把她移交給年輕醫生這件事最令人覺得反感：「我們眞不知道要讚嘆他把她移交給別人，還是讚嘆她被人移交給別人，看來就像是一件商品的交易一樣。」

近時有不少批評家也都認爲艾絲勒這個角色「很假正經」，簡直是「無聊乏味」。的確，連狄更斯最熱情的崇拜者有時都免不了會感覺到，狄更斯最擅長的經常會打動人心的描寫風格——比如不太可信的無私行爲，扣人心弦的死亡場面，還有慈善家的寬宏大量——都難免會淪爲陳腔濫調。事實是，從十九世紀中葉到二十世紀，由於時代不同，人們對艾絲勒這個角色的情感反應必然會跟著有所不同，在狄更斯作品中，有些場景在現代讀者看來會顯得滑稽好笑，在他那個時代的人讀來卻很動人心弦，比如像《荒涼屋》中喬死去那個場景，那個時代的讀者都讀到動容不已並深感意猶未盡。王爾德（Oscar Wilde）有一則諷刺妙語這樣寫道：讀狄更斯的《舊骨董店》（*The Old Curiosity Shop*）一書中小奈爾死去那個場景而不發笑，恐怕會是個鐵石心腸的人。這展現了一種反諷的機智，適巧也說明了後維多利亞時代較趨於嘲弄風格的不同品味。《布頓柏魯克世家》中的人物就絕不感傷濫情，而《包法利夫人》中如果出現一位感傷濫情的角色，最後必定也會爲此付出慘痛代價。

III

我們應該知道，像艾絲勒・山姆遜這樣一個完美無缺的模型，以這樣的模型爲小說中的主要角色，在狄更斯的作品中並非是唯一的例子。《荒涼屋》之前的《塊肉餘生錄》一書中的女主角艾格妮絲・威克費爾德（Agnes Wickfield）便是一個這樣的角色，艾格妮絲這個角色和艾絲勒眞可說是異曲同工，算得上是一對親姊妹了。一般讀者都認爲《塊肉餘生錄》是狄更斯最好的一本小說，狄更斯自己也這樣認爲，他稱這本小說是他「最喜愛的小孩」。這是一本英語世界的「教育小說」（Bildungsroman），尤其是小說的前半部，簡直就是作者自己年輕時代的自傳寫照，整部小說詳細記載了一個奮發向上的作家，從出生到三十幾歲之間的教育學習過程，男主角最後尋得了幸福的婚姻並成爲一個快樂的父親——狄更斯很喜歡讓他小說中的男女主角最後以幸福婚姻終場，雖然（或者說因爲）他自己的婚姻並不美滿。艾格妮絲是小說中主角考勃菲爾的第二任妻子，考勃菲爾第一次短暫婚姻中的妻子朵拉（Dora）是個膚淺而任性的小女孩，不幸病故之後，主角轉而在他兒時的青梅竹馬艾格妮絲身上尋到了人生的幸福，這看來像是命中注定一樣。這中間是一個漫長的過程，考勃菲爾在坎坷人生中繞了一個大圈子，經過不斷自我教育和學習過程，最後才終於在艾格妮絲身上體認到她的美德和優點並與之結爲連理。

遺憾的是，狄更斯的廣大讀者並不欣賞艾妮格絲天使般的特質，甚至還非常反感。許多評論家批評狄更斯只是一廂情願創造了一個空洞的符碼而已，好像一個缺乏個性的維多利亞洋娃娃，甚至有人說艾格妮絲這個角色「令人無比嫌惡」。一向最支持狄更斯的約翰·福斯特在他所寫的有關狄更斯的傳記中，更是坦承他比較喜歡朵拉，這位「可愛的，像小孩一般的妻子」，而不喜歡艾格妮絲，因為她「太有智慧，太自我犧牲，好到無法挑剔」。到了二十世紀，喬治．歐威爾（George Orwell）在一篇談論狄更斯的精采文章中就不客氣批評這種類型的女性角色，他說：「艾格妮絲是他（狄更斯）所有小說女主角中最令人討厭的一個，是維多利亞時代羅曼史所塑造的空洞天使中最典型的代表。」這麼多無情的批評，難道塑造這樣的角色真的一無可取嗎？

這些批評並不是沒有道理，誠然，小說中的考勃菲爾正是把艾格妮絲稱為天使，狄更斯向來喜歡用好聽的字眼來稱呼他的主角，這種情況我們屢見不鮮：他不擅於創造曖昧不明的複雜角色，他的角色不是過於簡單化就是太誇張，多少帶有漫畫式諷刺性質。他筆下的壞人都是非常壞那一種，不僅行為壞，連長相都會很醜陋，這會讓讀者讀到咬牙切齒而想把他們碎屍萬段的地步。當他要描寫他所討厭的那種人類類型時——譬如氣量狹小的神棍、矯揉做作的偽君子或是有虐待狂傾向的傢伙——他會用諷刺筆調將之刻劃成近乎丑角的樣子。像亨利．詹姆斯（Henry James）那麼細膩的作家，自然就不會欣賞狄更斯那種大而化之的風格，在他看來，狄更斯稱得上是「最偉大的膚淺小說家」。《荒涼屋》

中的戴德洛克爵士恐怕會是少有的突出例外：當他的太太因爲曖昧的過去就要揭發並準備離去時，這位保守而沉默寡言且是頭腦單純的貴族，這時候展現了一個男人該有的優雅風度，甚至在太太離去之後，他一點也不怪罪她，只衷心期盼——我們知道不可能——有一天她會再度回到他身旁。大致而言，狄更斯的角色只有天使和魔鬼兩種，或者更確切地說，只有好人和壞人之區分。

然而，從通俗劇的眼光看，我倒要爲《塊肉餘生錄》中的艾格妮絲說幾句話，共有兩點：其一，心理學方面，其二，文化方面。艾格妮絲的母親由於生她而難產致死，她從小和父親相依爲命過活，她的父親是位個性迷人但意志薄弱的律師，經常過著因爲憂傷而不斷酗酒的日子，父女兩人始終無法掙脫這樣的牢籠，女兒必須每天生活在父親憔悴憂鬱的情緒底下，聽他抱怨個不停。有許多小孩子經常會爲家庭的不和諧而暗自覺得愧疚，他們會爲父母的爭吵而萌生某種罪惡感，這在艾格妮絲而言情況可能更爲嚴重，因爲她的母親正是因生她而死，她覺得是她殺死了母親，罪惡感不由得更加沉重而惶惶然不可終日。

她的父親有一個名叫希普（Uriah Heep）的助理，這是一個權力慾望很重且喜歡逢迎拍馬屁的令人討厭的年輕人，在狄更斯筆下顯然並不是什麼好人。當父親跟她提議要讓這個傢伙入夥加入他的法律事務所時，她向她的「兄弟」私下透露，她希望父親這麼做，即使對方是個令人討厭的人，爲什麼呢？因爲如此一來她將「更有機會」好好「陪伴」父親。她說著開始哭了起來——這是她生平第一次情緒失控：「我一直覺得自己是爸爸的敵人，而不是他心愛的小孩。我知道他爲了我而改變許多，他減縮他的業務範圍，只爲了能夠把全副心力放在我身上，爲了我的緣故，他犧牲了許多，可嘆我竟成了他生命中的陰影，大大削弱了他的精神和精力，但願能夠改變這一切！只要他能回復到以前的正常狀況！」這番話說得既激烈又無奈，卻是十分的中肯。事實上，她的父親藉口把全副心力投注在他唯一的小孩身上，兀自過起自憐自艾的生活，只不過要女兒相信，這一切犧牲都是爲了她的緣故，他後來甚至直接說了，她是他「過墮落生活的根源」，繼而暗示，她有義務扭轉這一切——這簡直就像是薛西佛斯的工作，白費力氣。就是因爲這樣強烈的要求姿態，迫使艾格妮絲別無選擇餘地，只有配合父親的要求一途，她簡直是無懈可擊的好，一句話，因爲她害怕自己成爲不可饒恕的壞。

我要爲艾格妮絲辯護的另一個層面是屬於文化的，我們不應忽略的是，狄更斯從未在作品中顯露可敬的維多利亞時代的女人對性愛的態度是怎麼回事，她們絕不是如後來的人對她們的批判，把她們說成是無性的動物。誠然，那個時代大家都裝出一副假正經的樣子，但事實上在中產階級世界裡頭倒是不乏耽溺於愛慾享樂之輩，只是大家心照不宣而已。有不少中產階級年輕婦女以極大熱誠走入婚姻世界，並且認眞學習去配合她們的丈夫在性事上的要求，而眞正享受到了魚水之歡，才知道這回事和她們少女時代的朦朧想像竟那麼不同。有許多不斷在流傳的關於那個時代的閨房笑話，比如受挫的丈夫和不解風情的妻子，則是印證著上述的說法，但這並不意謂當時中產階級在性事上一成不變的幼稚拙劣。由於狄更斯在他的小說中絕口不談性事活動，讀者會以爲他小說中的男女乃是透過單性生殖或隔膜滲透方式在製造小孩，這聽來有趣，卻荒誕不經，因爲在一片沉默底下則是隱藏著焦慮和罪惡感。維多利亞時代的中產階級對保護隱私這件事情可說無所不用其極，他們絕口不談床第間的男女私事，但

我們要知道，他們並不是絕口不談就表示不做，事實上，維多利亞的中產階級

在性事上的實際操練是自由自在的，甚至還樂此不疲。

這正好是發生在艾絲勒．山姆遜身上的實際情況，我在前面曾稱她爲《塊肉餘生錄》裡艾格妮絲的姊妹，她們甚至還是一對孿生姊妹哩。艾絲勒和艾格妮絲一樣，都由於童年經驗而心中充滿罪惡感，她稱把她從小養大的監護人爲「教母」，事實上這位「教母」正是她母親的妹妹，是一位宗教信仰很虔誠的女人，每個禮拜要上三次教堂，每個禮拜有兩個早上要做早禱——而且非常的悲觀憂鬱。「這是一個非常非常好的女人！」艾絲勒這樣說道，「她很漂亮，要是笑起來一定像個天使（我經常這麼想）——可惜她從來不笑。她向來都很嚴肅，不苟言笑，可是她實在心腸很好，好像她一輩子都因爲別人做了壞事而鬱鬱不樂。」

不幸的是，「別人」做的「壞事」讓她始終快樂不起來，竟包括了艾絲勒

被她監護這件事情。有一次艾絲勒過生日時，這位虔誠教母如此大叫：「小艾絲勒，你要是不要有生日多好，不要出生是最好了！」艾絲勒一聽她這樣說，忍不住哭了起來，就跪到她跟前，要她的教母告訴她一些有關她母親的事情，「到底我對她做了什麼嗎？」她用一種稚氣的聲調問道，好像她曾犯了什麼大罪過一樣。教母起先綳著臉，隔了一會兒就溫和地說：「艾絲勒，你的母親是你的恥辱，你呢，也是她的恥辱。」她要求面前這位「不幸的女孩」、「從小就沒了爹娘的女孩」，最好把母親忘掉才是，末了，覺得好像說得還不夠，就補充說道：「像你這樣從小就蒙在一層陰影之中長大，要面對未來的人生，最好的準備工作是服從、自我否定以及勤勉工作。你和別的小孩不一樣，艾絲勒，因爲你的出生所帶來的罪孽和憤怒比他們可要重得多，你不能和他們相提並論。」這看來眞不像是一篇生日的祝賀詞。

艾絲勒哭著回到自己的房間，然後對著她的洋娃娃哭訴剛才所發生的一切，這個洋娃娃一直是她吐露心中祕密的唯一對象，她最後說：「我會盡我所能去彌補由於我的出生所帶來的罪過（我爲此深感愧疚，但我是無辜的），長大後我會努力去成爲一個勤勉、知足以及心地善良的女人，對別人有所助益，如果可能的話，也希望能夠贏得他們的愛。」她的確和艾格妮絲一樣，一直努力要去彌補自己的過錯，雖然她實際上並未犯過什麼錯。這本小說發展到最後，艾絲勒好像對她最親密的好朋友艾達進行了一場甜蜜的報復，只是她自己並不明白這其中所代表的意義，當時的艾達早已成爲寡婦，而她自己過著幸福的婚姻生活也有七年之久，她有兩個女兒，艾達有一個兒子，取名爲理查，藉以紀念她英年早逝的丈夫。

我們大約可以確定，狄更斯應該知道他在這方面所顯示的心理學層次的意義，如果不知道，那麼他對艾絲勒（以及艾格妮絲）內在深層動機的刻劃就會顯得很不可思議。艾絲勒就像個年輕的罪犯，背負著恥辱和懊悔的雙重負面情感長大成人，她後來會驚訝於有人竟會喜歡她或甚至愛她，這讓她極感受寵若驚，大大超乎了她那個階層年輕婦女在道德層次上所能感受的羞赧範圍，她竟然會感到無所適從。她的世界觀大致而言可說相當的內向——多少年來，她的「教母」就是她的全部世界——因此，當她的這種世界觀遭遇橫逆時，她也只能坦然視之，而不會發出什麼怨言。

就這一點來看，雖說有點令人反感，卻足可說明她起先爲什麼會接受她的監護人詹蒂斯先生求婚的理由，即使那個時候她心裡所屬意的是另一個人，而事實是，詹蒂斯雖曾有恩於她，在年齡上卻大她足足三倍左右，可見她早年的生活對她後來的影響是相當根深柢固的。就這方面的情況而言，她很像《塊肉餘生錄》裡的艾格妮絲，艾格妮絲的個性雖說更爲固執，心中可卻永遠深藏著一個最甜蜜的願望：嫁給男主人公大衛・考勃菲爾。她必須一等再等，直到最後大衛正式向她求婚時，她這時才坦承，她愛他已經有整整一輩子之久了。狄更斯這些小說早在雜誌上連載時，有關人物的刻劃方式即已招徠許多的責難聲音，現在我們可以更進一步看出，對比較世故的現代讀者而言，他小說中對人物那種毫無缺點之美德的一廂情願描寫，委實教人感覺格格不入，不眞實到令人討厭的地步，顯然是大大違背了人性的眞正本質。他那個時代的讀者大都較喜歡薩克萊（William Thackeray）在《浮華世界》（*Vanity Fair*）中的貝姬・夏普（Becky Sharp）一角，而不喜歡《荒涼屋》中完美無瑕的艾絲勒。誠然，在保守的維多利亞時代，一般作家，當然也包括狄更斯，寫作時大抵不會違反一般社會習俗慣例，以求婚這件事而言，總是必須由男方開口要求爲宜，不過，當然也有打破慣例的時候，比如狄更斯在《鄧比父子》（*Dombey and Son*）一書中就描寫過一個女孩主動向一個男人求婚的插曲，這在狄更斯而言畢竟還是少有的時刻，然而這在艾格妮絲或艾絲勒看來，會是極不可思議的事情。

IV

狄更斯會那麼熱中於把他的女主角理想化，這中間不免涉及到一些他自己個人的理由，這個理由的線索直接指向他和女人糾纏不清的關係上面，首先是他的母親。自從亞當被夏娃引誘去犯罪墮落以來，男人和女人的關係一直都是糾纏不清的。但狄更斯在這方面所顯露的始終無由解決的衝突情感，卻是值得特別注意，他把這樣的情感轉化在他對小說中女性角色的完美理想化上面。

歷來許多狄更斯的傳記作家或多或少都用心理學去探索狄更斯的內在生活，

關於這點，無疑我們必須從他對母親的情感開始。他的母親伊麗莎白（Elizabeth Dickens）是個面貌姣好而個性溫和的女人，樣子看起來比實際年齡還要年輕。她很會觀察周遭事物，而且相當擅於操持家務，事實上，在許多方面她比她那位沒責任心的丈夫要出色得多。她教導她最大的兒子，也就是狄更斯，學習讀書識字，同時還不時激發他的想像力之發揮。從許多留存下來的資料看來——個人書信和當時接近狄更斯家庭的親密友人的說法——都說明著這位後來成名的兒子始終都對她顯露出一種極深厚的孺慕之情，他愛她並且謙遜地尊敬她。

然而，小時候一次難堪的意外事件卻影響到了他對母親的這股深厚感情。狄更斯的父親約翰・狄更斯（John Dickens）是個個性溫和而沒責任心的男人——狄更斯在《塊肉餘生錄》中所刻劃的米考伯先生（Mr. Micawber）一角正是他父親的精采反射——他無力負擔日漸惡化的家計並負債累累，家中已經找不出什麼東西可以典當，最後只得鋃璫入獄去吃牢飯。狄更斯當時十二歲，爲了貼補家計，父母把他送去一家黑烏烏的工廠做貼標籤的工作，他父母的這種做法，無視於他心中的想法，不但粉碎了他對未來所懷抱的遠大期望，更是大大傷害到了他身心的感受。但更糟的還在後頭，狄更斯於一八四〇年代中期曾寫過一篇類似自傳的東西，後來收在約翰・福斯特為他所寫的傳記裡頭，他敘述說，在他入工廠工作了幾個月之後，父親要他停止工作，然後想送他去學校讀書，這時候他母親竟提出反對意見。這篇東西記述了他的憤怒和失望，在四分之一世紀之後仍然無法平息：「事後我從未忘記，我不會忘記，也絕不可能忘記，我的母親竟會那麼熱烈期盼我回去工廠做工。」

許多研究狄更斯的學生都緊緊抓住這句話，並藉此說明他為什麼那麼喜歡在作品中以諷刺筆調描寫令人討厭的母親角色，其中最有名的是《尼古拉・尼可比》（*Nicholas Nickleby*）一書中的尼可比太太這個母親角色：假正經、自負、天真，而且喜歡出餿主意並為此洋洋得意。我們實在不敢說這種臆測是否正確，因為狄更斯很少表明他的小說人物如何從現實世界中取材，以狄更斯的情況而言，要是我們能夠將類似這類想像人物的創造和他創造艾絲勒及艾格妮絲這兩位人物時的情感來源緊緊聯想在一起，我們就不難理解一個男孩子對母親的情感態度會有多麼複雜了。因此，狄更斯的矛盾情結毋寧是相當強烈的，遠超乎一般人的想像，他會那麼熱烈渴望透過對年輕貌美而又個性完美的女性角色之創造，藉此喚起他對理想母性的嚮往，想必是可以理解的。他會透過種種方法來記憶自己的母親，好比《塊肉餘生錄》裡的主角大衛對母親的記憶：年輕、美麗、活潑、可愛，而且，能夠完全由他自己個人所擁有（因爲他的父親在他未出生前即已過世，這眞好）。

狄更斯對他小姨子瑪麗・霍加斯（Mary Hogarth）奇怪而持續不斷的愛，無疑更能說明他在生命中想創造理想女性的慾望。瑪麗是狄更斯的妻子凱塞琳・霍加斯（Catherine Hogarth）的妹妹，她有很長一段時間和他們住在一起，是一個很迷人的年輕女孩：漂亮、充滿活力、熱愛生命，同時又很聰明，她和這位名氣日益響亮的文學明星姊夫相處得很融洽，但可並未眞正愛上他。「她完全沒有缺點。」狄更斯後來回顧往事時這樣寫道，她那時才十七歲，有一天竟在完全沒有生病的徵兆下突然死去，死在他的懷裡，他全然崩潰了，以至於一時之間竟再也無法寫作，他當時正在寫《匹克威克故事》（*Pickwick Papers*）這本小說的連載，只得暫時停止寫作，前後長達一個月之久，小說的連載因而脫期了一個月。他時時刻刻都忘不了她，甚至還希望自己也死了，以便能夠和她埋在一起。有幾個月的時間，他日夜都在想念她，甚至往後幾十年之間都還會時常想到她。瑪麗死後七年，他無意間碰到了一個和她長得很像的女孩，竟對這個女孩產生了極強烈的愛意。他從未停止對瑪麗的懷念，他對她的哀悼之情是沒有止盡的。這樣的耽溺情感想來實在難以理解，他顯然把她偶像化了，整個心態完全固著在她十七歲死時的完美形象上面，這樣無止盡的哀悼遂演變成爲一種憂鬱的氣質，而這正是狄更斯最常在作品中流露的特性。《塊肉餘生錄》裡的艾格妮絲是他想重新再現這位女孩的第一個企圖，第二個企圖則是《荒涼屋》裡的艾絲勒。

因此，狄更斯在塑造《荒涼屋》一書的主角時，可以說乃是把自己深刻的情感和想像緊緊結合在一起。此外，這本小說在對當時英國的司法制度提出抨擊時，作者是否也嘗試了某種個人經驗的抒發？我知道有某些文學評論家會認爲這樣的問題並不得當，因爲這和文學無關。但我認爲這個問題仍然還是值得研究，畢竟狄更斯在此提出了一個批判政府體制的強烈政治觀點。一八四四年，狄更斯經歷了一次法院的官司訴訟，這次訴訟讓他感到既挫折又憤怒，該年的一月中，他控告一家厚顏無恥的出版商大膽剽竊他的《聖誕頌歌》（*Christmas Carol*）一書，他爲此出庭聆聽一個對他有利的聽證會。「這些海盜被修理得很慘，」一月十八日他高興地這樣寫道，「他們鼻青臉腫，遍體鱗傷，倒地不起，差不多整個完蛋了。」這家出版商不久宣告破產倒閉，這個官司因而把他捲入更加棘手的法律糾紛，他最後不得不放棄，五月裡，他以一種嫌惡的口氣正式宣告完全放棄這次的法律行動，他感到很無可奈何並哀嘆無謂浪費了許多時間和精神，還有七百英鎊的訴訟費。

一八四六年的年底，又發生另一起出版商剽竊他作品的事件，但這次他決定不採取任何行動。「寧可吃個大虧，」他在一封寫給約翰・福斯特的公開信中這樣說道，「也比吃法律的更大的虧好些。我永遠忘不了上次《聖誕頌歌》事件所帶來的焦慮感覺，花那麼多錢，最後竟然得到不公平待遇的下場，我當時只不過要求屬於我個人該有的權利而已，結果是，我變成了好像是個強盜，而不是被搶的人。」他不得不如此「誇大這種偏頗的敏感性，因為法律的惡劣和粗暴實在已經教人惱怒到忍無可忍的地步。」狄更斯在此無疑對當時的英國法律發出了有力而嚴酷的控訴，在他眼中看來，英國法律惡劣的程度較之其所製造出來的犯罪，實在是有過之而無不及。

狄更斯這種既憤怒又無能為力的無可奈何態度似乎很容易理解，然而，他對這些侵犯智慧財產權之行為的反應畢竟也太過於脆弱，並不足以支撐一本長篇小說的篇幅，而且，我們也看得出來，他實在太過於病態的敏感了，適巧他又是一個渾身充滿文學想像力的作家，不免因而更進一步渲染了他心中的怨恨，他把自己最不愉快的這些經驗加以擴大渲染成為某種傷害，然後在《荒涼屋》之中栩栩如生展現出來——當然，在描寫這樣的傷害時免不了也包含了想像的成分。整體看來，這本小說就像是在發洩一股可愛而優雅的怨氣。

V

事實上，狄更斯對這種從中世紀時代遺留下來的粗陋而殘暴的法庭制度的描寫，在這本小說中只不過是他對當時社會現象諸多控訴中的一端而已。在《荒涼屋》中，他透過描寫喬這個角色——一個可憐的煙囪清潔工——把我們帶進倫敦的貧民窟，在那裡體嘗一下悲慘生活的眞實面貌。喬在無意中把自己身上的疾病傳染給艾絲勒——可能是一種天花——就像倫敦的大霧，代表著某種眞實而帶有象徵意義的事件。喬所居住的貧民窟叫做「孤獨的湯姆」（Tom-all-Alone's），這個隱藏於大都會中像瘟疫一般的地區，對一個外貌看似相當體面的社會和對從未涉足那裡或從不知其存在的人而言，免不了會帶給他們一股驚慌恐懼的氣息。「在他住的地方，」狄更斯帶著某種「幸災樂禍」的筆調寫道，「沒有一點一滴湯姆的黏液，也沒有絲毫有害的煤氣，既不猥褻，也不邪惡，他也沒做出什麼粗暴的罪行，可是在社會各階層之中，從最高傲到居於最高位的，這個地方卻在對他們施展它的報復。報復的方式有污染、掠奪、糟蹋等等，總之，孤獨的湯姆在施展他的報復行為。」狄更斯在此使用「報復」（revenge）這樣的字眼很值得注意，這是一個憤怒的人慣於使用的言詞。

當代一些評論家都很淸楚，狄更斯藉著創造喬這個角色而說出了許多心裡對社會不滿的話，有一位評論家這麼說：「作者從未創造過像可憐的喬那麼值得憐憫同情，同時又是那麼完整的角色。喬瀕臨死亡的那個場景，寫得多麼有力量，充滿道德的批判和激烈的抗議，狄更斯先生從未在他的其他作品中寫過比這個更爲精釆的。」這已經不單是描述，甚至已經是一種憤慨的診斷了。狄更斯筆下像「孤獨的湯姆」這樣的地方，無疑正是用來彰顯社會的顢頇腐敗，這樣的社會不用暴動方式，而是用病菌來製造其悲慘面目。

在當時的英國有太多像喬這樣的人，也有太多像「孤獨的湯姆」這樣的地方，以至於使得狄更斯寢食難安。他在政治上發展出一套人道主義的胸懷，越來越瀰漫在他的作品之中。他在寫作這本小說之前的幾年，即一八四九年，曾經寫過三篇文章關於「圖丁托兒所」（Tooting baby farm）的問題。狄更斯在此展現了一個正處於憤怒和責備之巔峰的社會批評家之道德勇氣，那一年流行霍亂傳染病，圖丁托兒所有一百五十個孩童死於非命，顯然是由於該托兒所的負責人罔顧人道任其發生所致，這個地方向來就因為超收兒童而顯得過於擁擠，在通風不良且又臭氣沖天的小房間裡四個小孩擠一張床，這些小孩多半營養不良，他們經常吃些腐爛的馬鈴薯，穿著破爛骯髒的衣服，稍有怨言便加以打罵。霍亂爆發時，當局早在兩週前即已發出警告，但托兒所完全不加理會，醫療設施一概付之闕如。「有一半人數處於挨餓狀態，」狄更斯寫道，「更甚者，有更多的人處於半窒息狀態。」負責人當時雖然被起訴和判決，可是後來卻又由於罪證不足，無法證明他的所做所為是導致小孩死亡的確鑿證據，他最後還是能夠免於刑責而被公然開釋。

這次的事件及其所帶來的結果，不啻為狄更斯提供了一個大肆發揮尖酸反諷的廣大空間。「世界上管理托兒所的人都一樣，像德烏葉先生（Mr. Drouet）可是一位最大公無私和熱誠的人，簡直無可指謫。」大家以為他在經營一個樂園哩！「他所照顧的小孩全都在他無微不至呵護下寧靜而富足地生活著，這位德烏葉先生，托兒所的負責人，他也生活得很心安理得，只不過他必須時時睜開眼睛，留意小孩們的幸福有否被周全照顧到，或是有什麼呵護不周的地方。」狄更斯還特別提到，由於這個案子在當時很引人矚目，托兒所不久就被迫關門大吉，但他對德烏葉先生的憤怒反諷和尖酸挖苦，可惜並未引起太多人的注意。狄更斯另一方面反而對當局展開最尖酸刻毒的責難，因爲當局從頭至尾坐視這場災難發生，然後在災難既成事實之後又刻意加以淡化：地方的法醫並未徹底認眞執行驗屍工作，貧民救濟委員會亦未善盡監督之責，而審案的法官更是厚顏無恥地威嚇證人，並且不斷尋找機會以不正經的玩笑口吻對案情下評論，藉此取悅出席聽證的群衆。

狄更斯在《荒涼屋》中所展現的熱烈諷刺筆調會讓當事人感到不舒服，想來這應該是很自然的事情，他揭露許多具爭議性的政治問題，固然有人會爲之大聲喝彩叫好，但因此而感到困惑不高興的也一樣大有人在。許多狄更斯的熱烈擁護者會特別喜愛幽默風趣的狄更斯，還有不帶政治色彩的悲天憫人的狄更斯，大家期待他能夠再現早期像《匹克威克故事》那樣的手采，而這正好是他的成名作，還有像《塊肉餘生錄》那樣的溫馨可人，這本小說使他成爲全英國最受歡迎的小說家。在這些早期作品中，狄更斯對社會的批評還算相當有節制，現在他卻要全面性對英國社會的弊病展開大肆撻伐，這一來終於惹惱了官方當局，他們遂按捺不住而不得不對他展開猛烈反擊。

當時的司法部長丹曼男爵（Lord Denman）向來即是狄更斯的忠實讀者，兩人同時也算是熟識，這時實在是按捺不住，就對狄更斯展開反擊。在一次公開晚宴的場合裡，剛好狄更斯也在場，他就抱怨說，如果法庭審理案件會出現拖延現象，那是因爲國家吝於爲法庭提供更多的法官之緣故，狄更斯則認爲這種藉口純粹是無稽之談。狄更斯透過對艾絲勒的教母的刻劃，大大嘲弄了新教福音書的教義，他筆下的這位教母不但毫無幽默感，同時還會對一個無助的小女孩施展莫名其妙的惡意，這樣的刻劃方式也引來許多人的不滿。另外他們也強烈反對狄更斯對查德班先生（Mr. Chadband）這個角色的惡劣描寫，他把他描寫成一個嗜吃的教堂牧師，他喜歡在禮拜時不停發表陳腔濫調並爲此而覺洋洋得意，他最渴望的事情就是能夠吃一頓免費的午餐。律師也是狄更斯愛攻擊的目標，他小說中的律師角色經常都是粗俗不堪，而且也都是僞善的剝削者，他們能言善道，卻大都是油腔滑調。在《荒涼屋》中，佛利斯先生（Mr. Vholes）是理查的律師，他卻把他的顧客一步一步帶向毀滅的道路，他老是不停提到他的父親和他的三個女兒，並不斷強調他對他們的責任多麼重大，最後他爲他的辯護下這樣的結論：「我們都是偏見的受害者。」

最後，狄更斯對傑洛比太太（Mrs. Jellyby）開了一個玩笑，這位好善樂施的女士竟激起了哲學家約翰・彌爾（John Stuart Mill）的憤怒，因爲狄更斯把她描寫成一位有獨立心靈的人道主義女人，彌爾在一封寫給妻子的信中這樣說道：「狄更斯這傢伙，我前幾天在倫敦的圖書館偶然看到他新近出版的一本小說，書名叫做《荒涼屋》，我由於好奇就把這本小說借回家看——這本小說寫得眞糟，令人讀來感覺無比厭惡——他用厚顏無恥的粗俗筆調大肆糟蹋了女人的權利，的確是寫得非常的粗鄙——那種風格就像一般男人在鄙夷『有學問的女人』那樣，總是認爲這種女人一定會忽略小孩和家務等等。」當然，彌爾絕不是用這樣的方式去看待這類活潑獨立且大公無私的女人，但歷史的眼光則是向來如此的。

狄更斯筆下的傑洛比太太個性活潑愉悅，卻在漫不經心的狀況下毀了她的丈夫，她可以爲非洲部落的事情而付出全副心力，卻無視於自己小孩的存在，彌爾在他那個時代不停爲女人權利問題努力不懈，畢竟還是少數人之中的一個而已，他會批評狄更斯塑造的這個女性角色，想來也就不足爲奇了。傑洛比太太總是會用沾有墨水的手指頭去撫摸她所愛的那些人，並且用仁慈的微笑面對他們，大部份的評論家都會認同這是一個性情美好的婦人。然而，狄更斯在《荒涼屋》中畢竟還是冒犯了許多一向愛戴他的讀者，這不能說是個小問題，因爲他諷刺的觸角無所不在，他的批評者遂得以藉此機會對他展開大肆攻擊，因此無形中就多少削弱了他批判社會的力量，他們甚至批評他過分耽溺於社會的批判，但狄更斯卻從不退縮，也從不後悔那樣做，他覺得他有職責見義勇爲，把事情導向正途，因此他所發出的聲音一定要被大家聽到。

狄更斯就是一個這麼自負的作家，一八五〇年三月，他特別爲自己新發行的雜誌《家庭話語》創刊號寫了一篇告讀者的文章，即使從雜誌的名稱都可以感受到這會是一本平易近人的刊物，「我們都渴望生活在家庭溫情懷抱中，我們會努力配合並滿足讀者們的家庭觀念。」他進一步強調寫道，「我們的編輯希望能在這紛亂騷擾的世界之中，把許多社會奇蹟的訊息，好的和壞的，帶給許多無數的家庭。」如此一來，不論是作家或讀者，都會對人類的進步產生熱切的信心，然後，「心懷感激，爲能夠生活在此一新時代的夏日黎明而覺欣慰。」狄更斯本著他慣有的熱中心腸，繼續寫道：「因此，沒有任何的功利精神，也沒有陰鬱現實中的鐵石心腸，會和我們這本雜誌攀上任何關聯。不論老少或貧富，我們都會盡力去激起他們心中固有的想像能力。」

這讀起來像是一篇維多利亞時代溫和自由主義者的政治綱領的告白，這本雜誌絕不以顛覆性思想或教條式宣言來驚嚇讀者。「但願我們這個世界不要有任何類似『主義』之類的東西。」一八四四年狄更斯在寫給友人的一封信中曾這麼說過。《家庭話語》絕不宣揚挑動階級仇恨的社會主義教條，也不標榜功利主義的精神，在狄更斯眼中看來，功利主義太過於唯物傾向，也太過於算計效益，他沒有興趣，因爲這種思想容不下想像的發揮之餘地。每當涉及當時英國的處境問題時，他都會和卡萊爾（Thomas Carlyle）站在同一陣線上，他們都一樣極關心當時英國的社會問題，他後來還把《艱困時光》（*Hard Times*）這本小說題獻給這位好友。當然，狄更斯並沒有遵守他在告讀者文章中所許下的諾言，因爲這本雜誌不久就不斷出現堅硬的語調，只不過實在有太多的邪惡不能不去揭發，現實所逼，不得不然。

巴格哈特（Walfer Bagehot）是當時一位著名的經濟學家、論文作家和編輯，同時也是一位有份量的政治思想家，他把狄更斯的意識形態描寫成「溫情的激進主義」（sentimental radicalism），沒錯，狄更斯有些溫情，但絕不激進，他的心靈大多數時候適得其所——一旦他的正義想法挑動起來，他的政治觀點就會演變爲牢騷的發洩，他的這種熱情主要來自不平情感的刺激，同時也來自一種高度教養的同情心的流露，因此，他會不斷介入公衆的爭議，擺出一副捨我其誰的姿態，這說明了他會是個小說家，而不是哲學家。

如果說有什麼震撼人心的事件會促發他決定該伸張些什麼正義，這可能會是個太過於簡單的說法，但震撼人心的事件會促使他熱血沸騰，則是千眞萬確的事實。目睹吊刑的執行會促使他反對死刑——但到了晚年他卻收回反對死刑的主張，唯條件必須是執行吊刑時不應有旁人圍觀。法庭讓他吃過大虧，所以他始終對這個體制非常反感。同時之間，他對那些阻礙他施展同情的障礙，或是那些令他憎惡的機構，那些不斷發出狂妄激烈主張且不停滔滔自我辯解的機關團體，則是毫不容情加以粗暴批判。「治安委員會或禁酒團體的那些人，」一八五一年夏天，他寫給一位友人的信中這樣說道，「近來接連不斷幹了許多蠢事。」因此，他們不願意附和那些「前進的措施」，主張把囚犯全移入女王的監獄。在《塊肉餘生錄》裡頭，他就毫不留情揶揄了那些被「關照備至」的囚犯，這些囚犯顯然都被舒適的生活條件和可口的美食縱容慣壞了。要是他能多了解一些監獄生活的實際狀況，可能就會支持那些他所揶揄嘲弄的獄政改革了。

但是，誰願意去做狄更斯所見證的那些弊病的改革呢？他的小說作品證實了他心裡的想法，他認爲要有效治療社會的弊病，似乎只有依賴那些生來即具有道德節操的男女之個人行動，而這些人物恰好正是他最一廂情願而令人無法苟同的創造。事實上，他所創造的一些人道主義人物，比如《孤雛淚》裡頭的齊勒伯兄弟（Cheeryble brothers），他們那種無懈可擊的善良微笑，委實教人無法消受。《荒涼屋》中的詹蒂斯先生有時也會如此，他那種極端的寬宏大量和大公無私的胸懷，堅持行善不求回報，固然是令人欽佩尊敬，但同時也令人不敢領教。

不容否認的是，狄更斯在他的小說中也刻劃了一些頗能從生活經驗中吸取教訓的人物，他們會在故事進展中不斷成長，然後變得更好更成熟。一成不變的是，促使他們變得更好的都是愛和純潔的情感，進而戳破了自私和憤懣的面具，在《鄧比父子》裡，鄧比先生最後超越了對女兒的冷淡和非理性的憎恨，然後成為一位有愛心的父親和祖父。在《我們的共同朋友》（*Our Mutual Friend*）裡，可愛的貝拉小姐起先傲慢自大，一心一意想嫁有錢人，最後竟變得心甘情願，愛上了一個值得她愛的男人。

《荒涼屋》中文具商的妻子史納格斯比太太，是個嫉妒心很強的女人，經常懷疑丈夫對她不忠，幾至偏執無聊的地步，後來經過巴基特警官（Inspector Bucket）的開導（這個角色是狄更斯小說最能得到一致認同的人物），才終於放棄了她那無理取鬧的行為。另一位角色戴德洛克先生，我們會注意到，他在小說發展過程中變得越來越可愛和可敬，在他身上展現了一些頗能讓人認同的德性。但大致而言，《荒涼屋》中具有優良德性的人物，他們的德性經常都是好得令人難以置信，比如後來娶到那位完美女性的伍德寇特醫生，他實在是每一位病人心目中的理想醫生典範：隨時待命應診，不分晝夜探訪病人，完全不計較酬勞。總之，只有這樣的人才配得上女主角艾絲勒，而艾絲勒也好得有資格能夠和他互相匹配。

雖然狄更斯對這些人物的超凡刻劃，看來簡直就像是一批超人，但這畢竟還是他的某種策略性的企圖。他在「荒涼屋」中所塑造的伍德寇特醫生和詹蒂斯先生這兩位人物，正是企圖用來對抗英國體制世界的邪惡和顢頇可笑。「無效率」可算是他用來批評他們缺點的最溫和字眼，這些體制機構向來抗拒變革，以致無法適應新時代的要求，亦無應變緊急狀況之能力，他們只會徒然糟蹋他們所觸碰到的一切。在《小多利》（*Little Dorrit*）這本小說中，狄更斯創造了一個很有趣的機構，叫做「辦事拖拉的官僚衙門」（Circumlocution Office），這個政府機構的座右銘是：如何不要去做它（HOW NOT TO DO IT）。這個機構裡頭有一職員名叫提特·巴納寇（Tite Barnacle）（這個名字取得眞好，因爲Barnacle，這個字的意思就是：眷戀職位不肯走的人），個性極端和善，看來絕沒有明顯的邪惡傾向，在當時的政府機構中多的是像他這類面帶和善親切的官僚，但政府機構的惡劣行事風格正是由這些人所建立，這裡頭暗藏著懶散和腐敗的氣息。

這算得上是嚴厲的控訴，當時有一位名叫史蒂芬（James Fitzjames Stephen）的著名歷史學家，他同時也是法學家和法官，屬於知性的保守派，主張溫和的政治改革，他當時寫了一篇有關《小多利》這本小說的評論，他認爲狄更斯所想像的「辦事拖拉的官僚衙門」這種機構，好像在「影射英國憲法、我們引以爲傲的自由、議會政治以及我們所擁有的一切，其所帶來的結果是，給予我們這個地球上最糟的政府——就像磨坊裡磨不出穀物，機器運轉卻抽不出水。」史蒂芬在說這話的時候，顯然心中所想的乃是狄更斯的三本「政治小說」——《荒涼屋》、《小多利》和《艱困時光》——狄更斯的論調令他感到訝異，因爲與事實不符，他的「辦事拖拉的官僚衙門」這種隱喻性說法用在英國政府身上，實在是荒誕不經。

他有他的理由，一八五一年，狄更斯開始在雜誌上連載《荒涼屋》的前一年，即使類似小說中所描寫的「詹蒂斯和詹蒂斯」這類案件仍時有所聞，但事實上法院早已在進行一些重要的改革了，這些改革逼得狄更斯後來在小說中的描寫悖離了現實。然後是一八五四年，亦即狄更斯開始寫《小多利》之前不久，著名的「諾思科特—特里維廉報告」（Northcote-Trevelyan Report）已經提議英國公務人員任用辦法的革新，包括以考試方式擢選公職人員。過去幾百年來，英國公職人員的任用和擢升都是依靠私人關係在運作。早在那時的前幾年，當過兩任首相同時也是年輕維多利亞女王顧問的墨爾本子爵（Lord Melbourne）就曾經公開讚揚「嘉特勳位」（the Order of Garter）的設置，他說因爲「這裡頭沒有令人討厭的功勳」。現在正當狄更斯在猛烈展現他那尖銳政治批評的這幾年之中，改革的行動早就如火如荼地展開了（最早開始於一八三二年的選舉法修正法案，主要在於擴張選舉權的範圍），其中還包括政府公職人員的任用必須考量功勳的有無爲其錄用條件。

想要塑造一個嶄新而平等的英格蘭之迫切行動散佈在其他領域之中，國會戲劇性地刪減了處以死刑的犯罪名目，同時也立法通過小孩在工廠和礦坑工作時數的限制，另一方面，政府也創制了確切可行的行政方針和國會的議事程序，然後正式開始討論有關國民教育的尷尬話題。英國的階級問題始終存在著，到了十九世紀中葉，勞工階層和中產階層之間的對立衝突變得更形尖銳，但是這個問題一直很難解決，因爲這中間抗拒改革的阻力實在太大，不管是在國會裡或在外頭，即使只是簡單稍稍革新一番都做不到。狄更斯對這些問題看得很清楚，不時尖酸刻毒地加以批判撻伐。他在《家庭話語》這本雜誌中特別責難諸如「紅絲帶」（Red Tape, Red Tapists, Tapeworms）這一類無聊而具破壞力量的官僚形式主義。此外，他還特別叙述布勒太太的女管家艾比・迪恩（Abby Dean）的奇怪故事——這顯然在影射一八五〇年代初期蘇格蘭亞伯汀地區的行政實況——她患有嚴重的夢遊症，最後在睡夢中死去。

所有這些都會令我們聯想到在《荒涼屋》裡狄更斯對政府內閣的責難方式，小說中描述有一次多位高階層社會的人士在戴德洛克先生家聚會，席間大家談到當今首相該不該辭職的問題，即使他辭職了，他的繼任人選是否應該爲「庫德子爵」（Lord Coodle）或是都德爵士（Sir Doodle）」，至於「富德公爵（Duke of Foodle）或是顧德（Goodle）」恐怕並不是很合適。狄更斯按照字母順序給這些人取諢名，大玩文字遊戲，總之，他最痛恨的對象除了法院之外，要算是內閣和國會了。

儘管表面上狄更斯不欣賞這些政府機構，但是在他有生之年裡頭，有許多改革都已在默默進行，包括：健康醫療的改革、工廠的改革、教育的改革，甚至還有國會的改革。一八六七年，狄更斯死前三年，國會通過第二次的選舉法修正法案，比一八三二年的第一次修正法案顯然要進步許多，已經把選舉權擴大到幾乎所有的男性公民身上了。儘管如此，狄更斯在他的小說或期刊雜誌上，除了偶爾讚賞一下衛生局的一些措施之外，卻絕口不提上述那些積極的改革措施。理由不難理解，因爲在狄更斯眼中看來，政治所需要的，熱情遠比學識重要得多，他從不會爲他的執拗感到困惑。當時一位狄更斯的熱心讀者，名叫福特（George H. Ford），稱狄更斯爲無政府主義者，這樣的說法乍看有些令人訝異，但我認爲十分中肯，我們甚至還可以加上一個形容詞，稱之爲「憤怒的無政府主義者」。和他所表現的那些強烈反對抗議相較而言，他服膺於「現實原則」的地方，頂多也只是點綴性質而已。

狄更斯和權威的敵對態度從未動搖，所以他才有必要去塑造他的模範人物：艾絲勒、伍德寇特以及詹蒂斯。他堅持認爲只有個人的美德和良善行爲才能對英國的悲慘處境發揮救贖的作用，他很清楚他對這些人物所刻劃的優良品質是極稀罕的，因而會減弱其應有的說服力。然而，狄更斯這位憤怒的無政府主義者，他不得不如此做，他誇大描寫這些人物的優點，正如同他誇大描寫他這個不完美國家的邪惡一樣，他有不得不如此做的理由。

那麼，我們應該怎樣讀《荒涼屋》這本小說呢？很簡單，必須小心翼翼。這本作品和狄更斯晚期的幾本小說一樣，都對當時英國的法律和政治體制流露出深惡痛絕的筆調，令他困惑不解的地方是，他們對自己的缺點視之爲理所當然而絲毫沒有企圖去改進的意願。就某個角度看，他和當時自由派及激進派的改革者可說聲氣相通，十九世紀中葉英國的歷史學者甚至會把這本小說看成是某種疏離的徵候，除此之外，我們實在很難把狄更斯看成是個政治思想家，當然這並不會影響到我們讀《荒涼屋》所能獲得的全然樂趣，也不會將之排斥於偉大小說的行列之外，至少對那些追求歷史事實的研究者而言，畢竟這本小說多少還是提供了一些可供參考的次要資料。

2

患有恐懼症的解剖師
福樓拜的《包法利夫人》

The Phobic Anatomist: Gustave Flaubert in Madame Bovary

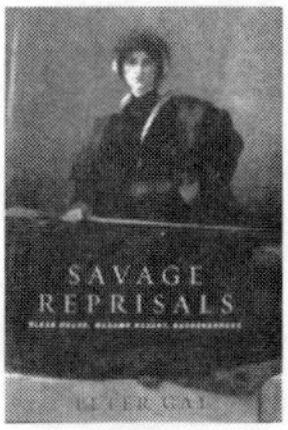

《臨終前的包法利夫人》（Death Room of Madame Bovary），由 Albert August Fourie 繪，盧昂美術館收藏。

•波特萊爾曾為《包法利夫人》寫過一篇精采書評，
他特別感受到這本小說背後的眞正主要動機，
正是一種頑固對抗社會的心態，
他看出其作者所抒發的執拗無情的批判性筆調，
福樓拜透過運用具有想像力的最蹩腳題材，
說出了他對這個社會的不滿。

•「愚蠢的眞正源頭，最愚蠢的社會，
最荒唐的製造者，一堆蠢蛋聚集的地方，
到底在哪裡呢？在外省地區。
在那裡最教人無法忍受的居民是誰呢？一般人，
他們一天到晚專注於瑣碎無聊的事情，
忙著幹些扭曲觀念的工作。」

I

「兩天來，我一直試圖進入少女的夢中，我為此而不斷航行於文學的乳白色海洋之中，裡頭描寫有城堡和戴著插上白色羽毛的呢絨帽子之吟遊詩人。」一八五二年的三月初，福樓拜寫信給他稱之為「可愛的繆思」（chère Muse）女友路易絲．柯雷（Louise Colet），跟她報告近況並寄給她一張剪報，裡頭記載著有關《包法利夫人》故事的評論，他現在正準備要著手寫這本小說。他喜歡不厭其詳跟對方報告自己的近況，「為了寫這本小說，我現正在重讀一些兒童的書，」他寫道，「在仔細閱讀了一些老舊古書以及一些描述船難和海盜的故事之後，我正處於半瘋狂狀態。」他正在運用「現實的原則」，企圖忠實捕捉低俗的浪漫主義品味，這裡有助於鋪敘年輕愛瑪（Emma Rouault）如何走向毀滅的過程，愛瑪正是他這本小說中令人憐憫的可憐女主角。

福樓拜在個人畢生的寫作生涯中，始終都執著於現實世界的學術性追求。

一八五六年的年底，他一完成《包法利夫人》之後，刻不容緩立即動手寫作另一本小說《沙朗波》（*Salammbô*），這是一本充滿異國風味的小說，背景設定在古代的迦太基，故事主要以描寫一椿愛情事件爲主，同時結合了外籍兵團叛變和野蠻的派對狂歡等事件。福樓拜藉此機會大肆展現他有關性暴力的品味，另外也提供給他從事緊密學術研究的空間。我們知道，古代羅馬人並沒有給後代留下多少有關他們這個北非死對頭的文化資料，但福樓拜並未就此感到氣餒而裹足不前。他翻遍了盧昂市立圖書館所有和迦太基有關的書籍，同時詳讀了許多和迦太基的歷史文物有關的雜誌期刊，此外，也一併向許多朋友和熟識探詢有關這方面的資料訊息。一八五七年的五月，他發現自己「正埋首於閱讀一本有四百頁篇幅的記述絲柏樹的書，因爲小說中的亞斯達特（Astarte）神廟的庭院種有許多絲柏樹」。到了五月底，他聲稱自己從三月以來「已經讀了五十三本不同的書，並且做了許多筆記」。

雖然他會抱怨說「古書讓他感覺難以消化」，也承認他這種「驚人的考古學式的用功」連自己也感到訝異，但他可不會接受朋友的好心建議：停止閱讀，然後趕快動筆寫作。「你知道到目前爲止，我讀了多少本有關迦太基的書嗎？」七月時，他用一種修辭學的口吻在信中這樣問一位朋友，然後自己回答：「大約一百本左右。」這時他仍斷然認爲，他的研究還不夠周全。他的這種說法也許有誇大其詞之嫌，但只要我們好好細讀《沙朗波》這本小說，大約即可看出，他在這上面所花費的準備功夫似乎是可以置信的。然而，閱讀那麼多資料仍嫌不夠，一八五八年四月他還特地前往突尼斯和摩洛哥——古代迦太基的遺址——實地去考察一番，藉著實際觀覽那裡的風景去感受眞實的氣氛，他必須用事實來激勵他的想像。

福樓拜後期的小說一律必須依賴蒐集許多資料才能動筆撰寫，他另一本著名小說《情感教育》（*Education sentimentale*）也差不多遵循此種風格寫成。這本小說描寫一個年輕人的成長故事，一八四〇年，故事裡的年輕男主角佛烈德利克・摩露（Frédéric Moreau）從外省來到巴黎，一番經歷之後，一晃眼二十幾年的時間過去了，主角早已邁入中年，他又再度回到外省老家，感覺彷如隔世。這段期間，男主角所經歷的最刻骨銘心的經驗是一八四八年的革命：街上一片混亂，理想派社會主義者到處宣揚他們的烏托邦社會藍圖，然後是法國國王路易・菲立浦（Louis Philippe）於二月裡宣告退位，許多政治俱樂部就此展開激烈冗長的政治辯論。福樓拜爲了忠實呈現這段重要而令人印象深刻的歷史，首先他必須依賴自己的記憶，一八四八年革命爆發時，他剛好就住在巴黎。但這還不夠，他特別向一些朋友探詢有關當時一些俱樂部的實際運作狀況，同時也向他們打聽清楚，爲什麼當時有許多人的家產會在證券市場裡一夜之間悉數泡湯。另一方面他還閱讀許多有關烏托邦社會主義思想的小册子，以及有關一八四八年革命詳細報導的舊報紙。

他在這本小說中描述的幾個場景，爲求其眞實可信，還特別前往巴黎的聖歐琴妮醫院（Hôpital Sainte-Eugénie），在那裡待上幾個小時，主要是爲了觀察兒童被喉頭炎折磨的受苦情況。「眞是難堪，」他後來寫信給鍾愛的外甥女卡洛琳（Caroline）這樣說道，「我離開那裡時，一顆心都快碎了，不過，爲了藝術，藝術至上。」他高興聽到別人說他寫的東西很眞實，但他還是認爲，他的小說永遠寫得不夠眞實，意思就是，他追求眞實的努力仍嫌不夠。

在《包法利夫人》一書中，不管是人物的塑造或是對人物行爲的描寫，顯然並未超越一般人性通則的界限。這則故事取材自一樁眞實發生的事件：一位有點家產的諾曼第農夫的女兒，漂亮，但帶有憂鬱氣質（這個家庭在外觀上算得上是中產階級），她嫁給一位沒有醫學學位的衛生部官員。這位丈夫很愛她的妻子，卻又讓她感到厭煩，她在一番覺悟之後，開始耽溺於撩人心扉的愛情幻想。然後是接連兩次的外遇事件，可嘆這兩個情人先後不斷欺騙她，既騙她的感情又騙她的錢財，她自己也心甘情願受騙，最後陷入了高利貸債務，在走投無路之餘，終於飲藥自盡。這則眞實故事非常寫實，再也看不到比這更寫實的了。

《包法利夫人》裡頭對通姦越軌行爲的描寫，並不會影響讀者對這則故事的相信程度。小說出版後，當時著名的詩人波特萊爾（Charles Baudelaire）曾寫過一篇讚賞這本小說的評論，他把通姦稱爲是「人類最平凡但也是最墮落的行爲」，而這恰好也正是小說家最熱中的題材。即使像狄更斯在這方面態度最小心謹慎的人，免不了也會觸碰這類主題，我們記得在《荒涼屋》中史納格斯比太太老是一天到晚懷疑她的丈夫有外遇（當然實際上並沒有）。狄更斯在其他小說中也常描寫到通姦行爲就快要發生，只不過在最後關頭巧妙加以避開了。在《塊肉餘生錄》裡頭，年輕漂亮的安妮．史特隆（Annie Strong），嫁給一個年紀比她大上許多的老學究，大家都懷疑她和那位雄壯的表哥有曖昧關係，後來經過一番努力，她才眞正恢復了自己的名節。在《鄧比父子》裡頭，艾迪絲．鄧比（Edith Dombey），也就是鄧比先生的太太，她從小被教養成好像昂貴的物品一般待價而沽，但她畢竟還是個有道德節操的人，最後終於能夠鼓起勇氣去拒絕卡克先生（Mr. Carker）這個壞蛋對她的引誘。狄更斯在這方面很謹愼保守，他從不眞正放手走太遠，但十九世紀和他同時代的其他小說家可就不像他那樣了：霍桑的《紅字》（*The Scarlet Letter*）、方坦納（Theodor Fontane）的《寂寞芳心》（*Effi Briest*）、亨利．詹姆斯（Henry James）的《金碗》（*The Golden Bowl*），還有托爾斯泰的《安娜．卡列尼娜》，這些都是十九世紀小說中描寫通姦主題最有力的作品，毫無疑問，《包法利夫人》也是其中的一本，這本小說對人類易於傾向犯錯的本質，可以說刻劃得淋漓盡致，說得上入木三分。

通姦問題對福樓拜那個時代的法國而言，乃是一個很令人矚目的問題。一八一六年，拿破崙垮台之後，波旁王室回來重新登上王位，他們首先就廢除曾於法國大革命期間通過的離婚法案，這個法案必須等到一八八四年福樓拜死後的四年——才再度通過確立。在這種情況之下，對焦慮不安的丈夫或被忽視的妻子而言，尋求打破婚姻誓約的要求不但可能，甚至還是必要的。左拉在其《盧貢—馬加爾家族系列》（*the Rougon-Macquart*）中的一本題名爲《家常菜》（*Pot-bouille*）的小說裡，就很刻意描寫巴黎的中產階級，從上到下，不分男女，無不渴望投入非法的、婚姻外的愛情活動，最膽怯的妻子可能會出於天眞無知、生活無聊或是追尋刺激的心理，或甚至單單只是抵抗不了世俗的誘惑而已，竟會跌入背叛忠誠的戀愛之中。也許我們不得不這樣誇張的講，左拉在這本小說中所描述的這類出軌行爲，未嘗不是導因於這個社會禁止離婚的緣故。一八八三年，全法國正在爲要不要重新爲允許離婚立法而展開熱烈爭論之際，左拉就忍不住帶著半開玩笑性質的口吻說，離婚法案一旦通過，那也就是法國文學終結的時候，因爲小說家不知道還有什麼東西可以寫。愛瑪前後兩次的婚外愛情，在當時可說是極稀鬆平常，甚至在民風純樸的外省亦然，《包法利夫人》故事的發生背景正是外省地區。

福樓拜在寫小說時，不遺餘力大肆追求眞實之展現的做法，甚至還深入到角色內心生活的層面，這可大大超越了當時的一般做法。當然，他並不是第一個勇於嘗試描寫角色內心世界的小說家，但他那種細密求精的做法卻是史無前例的。關於《包法利夫人》這本小說，他說過一句有名的話：「包法利夫人，那就是我。」（Madame Bovary, c'est moi.）這句話說明了他能夠悠遊於他所創造角色之祕密領域的特殊寫作才能，他一直努力企圖把他追尋眞實的熱情推到一個極限的地步。

我們也許會因而認爲福樓拜如此做法可能會感到很愉快，事實不然，他經常爲此而覺得難過。一八五二年，他在寫給柯雷小姐的一封信裡這樣說：「上個禮拜三我寫作寫到一半時，必須起身去找手帕，因爲我淚流滿面，我被自己所寫的東西感動得哭了。」在完成《包法利夫人》幾年之後，他告訴當時著名的文學和政治歷史學家泰涅（Hippolyte Taine）說，當他寫《包法利夫人》寫到尾聲愛瑪服毒自殺之後，他經歷了兩次嚴重反胃的侵襲，嘴中老是瀰漫著砒霜的味道，以致吃晚飯時竟嘔吐了起來。眞看不出有哪一個作家像他那樣，會投入自己所創作的東西到這等非理性的地步。

他的父親阿席勒—克列歐法斯・福樓拜（Achille-Cléophas Flaubert）是個醫生，是盧昂地區一家大醫院的負責人，他曾經間接警告自己的兒子，如果太過執著於某一強烈主題是必須付出慘痛代價的。「我的父親經常說他從未想要成爲精神病院裡的醫生，」福樓拜於一八五三年寫信給柯雷小姐這麼說，「因爲一個人如果太過專注於與瘋狂有關的工作，自己最後也會變成瘋狂。」做兒子的並未遵循父親的諄諄告誡。福樓拜在完成《包法利夫人》二十年後，又再度陷入和他的小說人物糾纏不清，嚴重到無法把自己和他的人物區分開來，這本小說叫做《布瓦爾和貝居謝》（*Bouvard and Pécuchet*），這是一八七〇年代中葉的事情，他在這本小說中以極尖酸嚴酷的筆調分析兩位小中產階級的思想和行爲（一如往常，經過極精密謹愼的籌備），他寫道：「這兩個人把我塡得滿滿的，以致我竟變成了他們！他們的愚蠢變成了我的愚蠢，我爲此快要爆炸了。」

像這樣把自己埋入自己所創造人物的技巧，所產生的不單只是自覺性的效果而已，同時會帶來某種與自己的創造保持距離的強烈張力，形成一種「科學性」公正客觀的描寫效果。他想以客觀性去呈現主觀性的東西，十九世紀法國文壇上最具影響力的批評家聖波甫（Charles-Augustin Sainte-Beuve），也是福樓拜的朋友，在一篇有關《包法利夫人》的審愼評論裡，以一種巧妙隱喩說法說出了這種風格的眞正本質：「福樓拜先生來自醫生世家，他寫作時就像在操作解剖刀，他像個熟練的解剖師和生理學家。」當時著名的漫畫家勒莫（J. Lemot）根據聖波甫的說法爲福樓拜畫了一幅很有趣的漫畫：福樓拜左手拿著一把解剖刀，同時提著愛瑪血淋淋的心臟，右手拿著一個大型放大鏡，左後方則是愛瑪身體的其他部份。這種醫學上的比喩對福樓拜而言，眞是再恰當不過了，他自己也認爲他的風格正是一種解剖的風格，而這也正是他觀看世界的嚴酷方法。

一個作家的心靈和他的文學創作之間的互動關係顯然絕不會是很單純的，

福樓拜很了解這個現象，他在給柯雷小姐的信中這麼說：「一個人的作品和他本身個性之間的關係眞是微妙。」事實上，這層關係比他所想像的更微妙，也更爲複雜。複雜的理由乃在於，福樓拜的情感聯繫一方面離不開浪漫主義，但另一方面卻又和浪漫主義保持距離。表面上，我們可以把《包法利夫人》看成是一則反浪漫主義的宣言，這是一則平凡的小中產階級悲劇——其中刻劃的人物是那麼平凡，而其主角的致命行爲似乎也不值得去小題大作，愛瑪的心靈和圍繞在她周圍的鄉紳氣息也平凡得無以復加，這些都是無可置疑的明顯事實——浪漫主義作家絕不會寫作類似這等素材的小說。

就福樓拜所專注的小說內容來看，如果《包法利夫人》是一則宣言，那麼，這則宣言顯然是衝著反對被貶抑的浪漫主義而來，我們大可將這本小說看成是純粹浪漫主義的辯護，但作者所創造的人物——和福樓拜同時代的大多數小說作家大抵不外乎如此——卻又不是浪漫主義作家筆下樂於展現的那類人物。誠然，「包法利夫人，那就是我。」這句話畢竟說明了福樓拜和浪漫主義之間的非正式關聯，這顯然是一句極端個人化口號，這樣的認同姿態無疑強調了創作者和作品之間的緊密關係，而這樣的關係在新古典主義派眼中看來則是不屑一顧的。福樓拜曾耗費多年心力去苦心經營的外國「浪漫」題材——古代迦太基和聖安東尼的誘惑（the Temptations of Saint Anthony）——可以說證明了他在這方面的風格。他從未眞正否定過浪漫主義的精神，一八五七年，波特萊爾出版著名詩集《惡之華》（*Les fleurs du mal*）時，曾簽名致贈一本，他回信致謝時跟詩人說，透過其原創性和獨創性，他「發現了賦與浪漫主義嶄新面貌的方法」，接著他以崇拜口氣跟對方說：「沒有人能跟您相比擬（這是您的首要特質）。」這個馬屁拍得眞是有夠響。

因此，當浪漫主義陣營的敵人在大聲叫囂時，他就用他那尖酸刻薄的語彙挺身對這些人展開反擊。一八六五年，著名社會主義者蒲魯東（Proudhon）出版了《論藝術之原理》（*Du principe de l'art*）一書，這本書主要在於讚揚當時大畫家庫爾貝（Gustave Courbet）的寫實主義畫風，福樓拜讀了這本書之後，尖酸大叫道：「庫爾貝的榮耀至上，卻抹煞了浪漫主義！」這本書提醒他，他必須戰戰兢兢行走，好比走在廁所裡的糞堆上一般。早在一八五七年的五月，他讀了聖波甫所寫的《包法利夫人》的正面評論之時，心中充滿感激，就寫信跟對方說，他自己是個「狂熱的，甚至是個乖戾的浪漫主義派」。幾年後，爲了確定自我認同，他再度強調自己有過的說法，稱他自己爲浪漫主義的化石——獨特的，很像波特萊爾。簡而言之，他把自己看成爲熱中於現實的浪漫主義特別的一派。

II

事實上，儘管福樓拜那麼執著於現實原則的追求，這可不一定是盤據他殿堂裡的首要之務，他的首要之務是藝術，或者如他有時候所說的風格，眞實只能佔據第二個位置。「藝術的本質，」一八五六年十二月，他這樣寫道，「在於展現美，我最重視這個東西，首先是風格，然後是眞實。」在福樓拜看來，風格和眞實並不互相對立，而是結合在一起的夥伴。藝術需要眞實，眞實爲藝術服務。我在前面曾引述他寫給外甥女卡洛琳一封信中的一句話——藝術至上——最能說明他在這方面的傾向，他一生汲汲營營而煞費苦心在追求的，無非正是藝術至上的文學創作而已。從這個角度看，他還算得上是個詩人，一個追求眞實的詩人。「我生來即是渾身充滿詩情的。」（Je suis né lyrique），因此他總是用大寫字母來寫「藝術」（Art）這個字眼。由於他一直在追求藝術和眞實這兩個理想，就常自稱是個傑出的柏拉圖主義者。他既然是藝術殿堂的謙遜崇拜者，無怪乎他始終無法欣賞左拉的自然主義：因爲缺乏詩情。

福樓拜在談論到藝術的時候，總是喜歡使用宗教的字眼，他是那種極特殊的不信宗教的宗教狂熱信徒，誠如他對柯雷小姐所說，他是個教士，換句話說，是那些有教養的愛好文學之男女的守護神。他很痛恨有關文學的庸俗看法，有一次，一八四七年一月，他所熱愛的女友柯雷說，是否應該有人爲伏爾泰的《贛第德》（*Candide*）寫續篇，他立即反問，並藉此糾正對方：「這可能嗎？」「誰來寫？誰能夠寫？有些作品是很偉大的（伏爾泰這本小說正是其中一本），偉大到讓人無法承擔其重量。這是巨人的盔甲：侏儒要是想穿上這個盔甲，還沒邁出第一步之前就已經被壓扁了。」他認爲柯雷小姐在美學判斷上是錯誤的。「你對藝術有一種眞誠的喜愛，卻不把它當宗教看待。」這種嚴酷的論調並不需要運用到他自己身上，儘管這樣的論調不夠精確，有時甚至還會自我矛盾，他認為他的藝術觀念是很神聖的——除此之外什麼都不是。一八五三年四月，他對柯雷小姐這麼說：「一位思想家（藝術家難道不正是一流的思想家嗎？）不應該有宗教和國家，甚至也不要有任何社會信念。」沒有比這個更武斷明確的論調了。

有一年冬天，福樓拜竟日窩在他位於克拉謝（Croisset）的小書房裡和「風格」角力個不停，這帶給他很大的痛苦，但相對所得到樂趣也很大。一八五二年四月，他特地從盧昂附近住處前往巴黎，只為了和柯雷小姐共度一夜良宵，他說：「我熱愛我的文學工作，既狂熱又變態，」這樣坦白可沒帶給對方任何愉悅的感覺，「像個苦行僧，喜歡用他身上的粗毛襯衣摩擦他的肚皮。」他不斷強調一句話：「藝術家必須提升一切事物！」英國詩人雪萊（Percy Bysshe Shelley）曾說過，詩人是這個世界未被認同的立法者。如今福樓拜再度以一種高昂的語氣肯定文學作家的事業。「藝術家的創造工作必須像上帝在創造他的世界一樣，全知全能，我們可以到處感覺得到，卻看不到。」

這樣雄心萬丈的說法不僅是他那活潑信仰的宣告，同時也說明了他在風格上的原則乃是盡量使他筆下全知全能的敘述者不要被感覺到。他這種誇張的美學事實上有其現實上的理由：他認爲作家身上具有某種神性——當然，這樣的作家極少。在福樓拜看來，對藝術的尊敬，也就是對少數極出色藝術家的尊敬。他向來以愛做嚴苛批評聞名，但相對並不吝於表現他的仰慕，在他同時代作家中，他所仰慕的對象有：波特萊爾、屠格涅夫、托爾斯泰，以及喬治・桑（George Sand）和雨果（Victor Hugo）——不過對雨果多少還有點保留。他常夢想能夠生活在一個大家能夠眞正信仰藝術的較美好時代——古代雅典和羅馬，或是文藝復興時代。①另外一個場合，他告訴柯雷小姐說：「要是有機會碰見了莎士比亞，我一定會怕得要死。」是的，還有另外一些人也會讓他怕得說不出話來：荷馬、維吉爾、拉伯雷、塞萬提斯、伏爾泰以及歌德。

大家能夠眞正信仰藝術的一個較美好時代！然而，福樓拜卻注定要生活在一個齷齪的時代。他的許多信件，包括早期和晚期的，都不時流露對當時法國文化的嚴苛批評，即使後來以小說家身分聞名之後，一樣未改變他一貫的看法。一八五二年七月，他寫信給親密好友布依耶（Louis Bouilhet）說他厭惡他所生活的「腐敗的世紀！我們都被第一流的糞便所黏住！」他完全看不出有任何可以改善的餘地，「我不同意你所說的文學的文藝復興，」一八五二年他寫信給另一位朋友杜剛（Maxime du Camp）這樣說道，「到目前爲止，我看不到什麼像樣的作家或是有什麼創意的作品，所有的觀念都腐朽不堪。」一年後，他寫信給柯雷小姐說，法國文化令他已經忍無可忍，「我舉目所見，都那麼痛恨詩和純藝術的東西，那種對眞實的全然否定實在教人倒胃口到想要自殺的地步」。有時候當他心情比較好些，但這種時候很少有，他會流露稍微樂觀的語氣，他會說未來可能比現在不那麼死氣沉沉是可以想像的——但絕不會在他有生之年。「美的時代已經過去了，」一八五二年四月他寫信給他的「繆思」柯雷小姐這樣說道，「人類也許會再度重回美好的時代，但現在是絕對不可能的了。」

在福樓拜帶有偏見的眼光看來，當時法國文學會淪落到此等地步，首當其銜的罪魁禍首就是中產階級，他剛好藉此機會可以在這上面大作文章，甚至與他同時代的一些其他作家也無法免除他的毒箭攻擊。「令我感到憤怒的地方是，我們一些同僚的中產階級作風，商人嘴臉！愚蠢的白痴！」如果我們願意相信他的這些偏激怒火，那麼，所謂的中產階級作風——他們的外貌、他們的服飾裝扮、他們的言談，還有他們的觀念——的確很令他感到倒胃口。一八七二年十月，他的好朋友，也是小說家和評論家高蒂耶（Théophile Gautier）去世，享年六十一歲（福樓拜特別以他爲活生生的例子），他認爲他即是過度耽溺於「現代愚蠢」（la bêtise moderne）的典型例子。幾天後，他在盧昂大街上碰見三或四個中產階級，「他們那副粗俗德性，」他對他的外甥女卡洛琳如此叫罵道，「你看他們身上穿的大禮服，頭上戴的禮帽，還有他們講話的那種聲調，眞令人倒盡胃口，還眞想大哭一場呢，我這輩子從未像現在這樣那麼感到噁心過。」無疑他誇大了他的嫌惡反應，他以前也經常像這樣反應過度。又過了幾天之後，他告訴他的劇作家朋友費鐸（Ernest Feydeau）說，他眞希望躺在地底下腐爛的人是他自己，而不是高蒂耶。「在化爲烏有之前，或者說，在等待化爲烏有之時，我倒想先行『清除』我身上的膽汁，因爲我老是覺得想嘔吐，坦白告訴你，我的膽汁既多又苦。」

但是，像這樣漫無節制的對中產階級的厭惡情緒，可從來不會竄升到理性的社會批評的層次，福樓拜批判的觸角甚至只能延伸到較低層的階級。「我使用『中產階級』（bourgeois）這個字眼，」一八七一年他在信中告訴喬治・桑這樣說，「實際上也包括了勞工階級的先生們。」他向來對這個詞彙的定義很籠統，根本就超乎了社會學所涵蓋的範圍。在他眼中看來，這些人不管是穿禮服或是工作服，都是一丘之貉，都是一群無可救藥的蠢蛋。

《包法利夫人》的內容似乎正是設計來支撐他的這種控訴，藉以證明中產階級不只是一無可取，連愛的表現都非常的軟弱無能。事實上，推動這本小說在情節上的進展的，也正是「愛之無能」此一主題，令愛瑪感到困惑不滿的地方是，她和丈夫之間的性生活很機械呆板，簡直就是乏善可陳。福樓拜在小說中這樣寫道：「他（包法利先生）心神蕩漾的時刻早已變得一成不變，他只有在某些特定時刻抱抱她，已經成爲衆多一成不變習慣中的一種，好比一頓單調無聊的晚餐之後，預期得到的一道甜點。」許多家庭事務，特別是床上的節目，根本就不是愛瑪在少女時代所讀的浪漫小說中所描寫的那個樣子。

小說一開始不久，福樓拜特別花費一些篇幅描述愛瑪的閱讀背景。一九二〇年代中，紐約市以浮誇聞名的市長吉米・瓦克（Jimmy Walker）有一次這樣說：「沒有一個女孩會被一本書所誘惑。」愛瑪剛好是個例外，她不是被一本書誘惑，她被許多本書所誘惑。她十三歲時就被送去一間由一些善心修女所經營的修道院讀書，在這期間她的性幻想慢慢被挑起，並尋得新的意象和新的情感的廣泛空間，而這種新意象和新情感的空間總是離不開對肉體的遐想，燃起她熊熊慾火的是「聖壇的香味、聖水器的冰涼感覺以及蠟燭的火焰等所散發出來的神祕倦怠氣息」。

總之，修女們所諄諄教誨的信仰眞理對愛瑪而言，簡直如同一張空洞的圖畫，只有隱藏在那表面底下的慾望才是眞實的，福樓拜特別寫道，她對宗教的熱誠，經常只局限於她眼睛所能看得到和耳朵所能聽得到以及手所能碰得到的東西。她喜歡教堂是因爲教堂裡有許多花，喜歡音樂是音樂裡有夢幻般的歌詞，至於文學，她喜歡讀能激起她內心情慾的那種庸俗作品。因此，「每當她去告解時，總喜歡爲自己杜撰一些小罪惡，以便能夠在那裡多逗留一會兒。她跪在陰影底下，兩個手掌互相疊合，把臉靠在鐵格子上，在神父下方喃喃自語。」許多隱喻不斷在講道中反覆出現——「訂親、夫妻、神聖的愛人、永恆的婚姻——深深撼動著她的靈魂深處而挑起無法言喻的甜蜜感覺。」另一方面，她對自己身體的不耐煩反應又多少顯得很稚氣：「她努力想從事物中擷取對自己個人有利的一面，」福樓拜如此爲她下定論，「任何無法立即挑起她內在快感的事物，她都會一一加以排斥——這是一種濫情感傷的氣質表現，談不上藝術性，她尋求的是感官的刺激，而不是知性的滿足。」

愛瑪所閱讀的東西只是徒然讓她養成一種習慣，那就是把宗教的教誨轉化成感官的喜悅，她在修道院讀書期間，貪得無厭地讀了許多小說，夏多布里昂（Chateaubriand）的浪漫故事讓她愛不釋手，可是他禮讚自然的篇章，對她則是無動於衷，因爲她對田園風光早已耳熟能詳，因此怎麼樣都感動不起來，相對的，史考特爵士（Sir Walter Scott）的小說，她雖然讀得有些吃力，但還是滿足了她的某些幻想。她對她那個時代一些描寫乾枯色情意象的古典作品並不覺得滿足——福樓拜那麼努力深入少女的夢幻世界在此總算沒有白費心機——她轉而追尋一些感傷濫情的歌曲和空洞無聊的情詩。此外，像描寫多情的騎士和陶醉的少女或是美麗女士和高貴紳士，以及英雄救美等諸如此類瑣碎幼稚的愛情故事，她也絕不會輕易放過。」「她會幻想自己像個身著長衫的貴婦人，住在某個古老的莊園裡頭，每天沒事就依偎在尖頂拱門旁邊，手肘靠在石頭上，用手頂著下巴，盼望著遠方會出現一位頭上插著白色羽毛的騎士，騎著一匹黑色駿馬，往這邊奔騰而來。」

由於不停接觸這些撩人無限遐思的讀物，愛瑪的幻想習性終於導致她無法忍受後來平凡無趣的婚姻生活。就在她婚禮舉行過後，她讓自己相信「她總算擁有了一股迷人的熱情，好像一隻披著粉紅羽毛的大鳥，翺翔於詩一般的廣闊天空中——可是她現在反而不願意相信此刻正生活於她曾夢想過的平靜生活當中」。要是她少讀那些無用的讀物，她現在受的苦可能就會少些」。

III

福樓拜有一次說過，他很想寫一本關於「沒有」的書，但《包法利夫人》並不是一本這樣的書，這本書是他火藥庫裡的一個武器，一輩子專門用來對抗愚蠢、貪婪和庸俗。他對他樂於稱之為中產階級的激烈反應促使他深入探索他所創造的角色，繼而創造了世界文學上一個不可磨滅的里程碑，為了深入理解這位作者在這方面的創作天才，我們必須更進一步深入探索他所角力的情感上的魔鬼為何，因為主宰他和現實世界、他的作品以及他的文化的，正是這個東西。因為畢竟是福樓拜，而不是別人，創造了愛瑪·包法利、沙朗波、佛烈德利克和羅莎奈特等特殊角色，還有，他那充滿魅力的想像世界。

福樓拜由於哀悼中產階級社會所發出的惡意詛咒，可以說大大超乎了客觀的水平，他常說想和幾個朋友坐在他住屋的陽台上，看著底下路過的行人並對著他們頭上吐口水，他希望他的《沙朗波》一書會「困擾中產階級，也就是說，困擾每一個人」，他甚至宣稱，他眞想燒毀整個盧昂和巴黎，他很想把一八七一年的革命份子全扔進塞納河。我們似乎不該把這類憤世嫉俗的想法看成單單只是一種黑色幽默的表現而已，福樓拜這種壓抑的反覆發洩行爲有其心理學上的基礎，這是一種尖酸刻薄脾性的表現。就某個角度看，他的憎恨是一種病徵：他的恐懼症和所有這類病症患者一樣，都是一種對抗焦慮的防衛行爲，只不過是少了被隔離的恐懼感所帶來的困擾而已。恐懼症患者的壓抑行爲，不管是害怕過橋或是一看到中產階級就全身冒汗，都是一種防禦性措施。然而，這種防禦策略恐怕注定要失敗：福樓拜的窒息和想嘔吐的感覺，即使實際情況並不如他所說的那麼嚴重，卻說明了他無法掌控自己焦慮感覺的事實。想要變成《包法利夫人》裡的愛瑪或《布瓦爾和貝居謝》裡的貝居謝，不會只是創作文學的一種有用策略而已。對福樓拜而言，他既是中產階級的兒子，又是中產階級的弟弟，這是他最糟的夢魘，但同時似乎也是他最深層的願望。

對付恐懼症的策略有兩種，福樓拜兩種策略都使用。第一種是盡量把自己孤立起來，藉此和庸俗之輩隔開，以免受到他們的污染。他經常在巴黎和一些志同道合的文學界朋友共進晚餐，可以說是一種自我保護的社交行爲，因爲這些人沒有一個是眞正受到中產階級污染的人。第二種是採反恐懼症的姿態，直接去面對引起他恐懼不安的因素，他在作品中不遺餘力刻劃那些「無教養」的和他同階層的人物，努力揭發並加以解剖他們的言行，目的就是直接面對敵人。

福樓拜因此是個充滿矛盾衝突的作家，他身上的矛盾衝突從未獲得解決，他內在最矛盾的衝突點，當時著名精神科醫生夏爾科（Jean-Martin Charcot）稱之爲「生殖事物」（la chose génitale）的東西（弗洛依德還曾在這位大師指導下學習過），可以說是一切不協調行爲的主要潛伏基因。誠然，在福樓拜而言，生殖事物的問題正是他一輩子的困境所在，他從未解決他在生命中對性的不協調感覺，他總是無法確定，要擁抱或是抗拒誘惑。不過有一件事可以確定，在他身上放蕩逸樂的傾向經常會面臨一個強勁的對手：寫作。他從一開始和柯雷小姐交往以來，就不斷抗拒對方的誘惑而想一個人獨處。柯雷在年紀上比他大十一歲，在情場上身經百戰，不知道已經睡過多少張著名的床鋪，和他認識時美貌絲毫未損，不能說對他沒有性的吸引力。但他會經常不客氣的跟她強調，對他而言，愛必須臣服於藝術之下。「在我看來，愛情不能擺在生命的前景，它必須擺在後頭才行。」他爲了想和這位「可愛的繆思」保持距離，就不斷鼓勵她要愛藝術多於愛他。一八四三年，福樓拜二十一歲，當時著名的雕刻家普拉蒂耶（James Pradier）曾建議他去好好談一場戀愛，他還故作正經般遲疑不決，就說：「這個建議很好，可是如何進行呢？」當時普拉蒂耶的妻子年輕貌美，且又自由開放，不久和丈夫分手之後竟成爲福樓拜的女友，兩人「短暫地」交往了一陣，福樓拜認爲「短暫的」戀愛特別適合他，他承認：「我需要戀愛，但可不要太長久，那種正常的、規律的、維持得好好的穩定兩性生活，可會叫我付出太多，會令人厭煩。一旦進入這種生活狀態，對肉體世界的專注就會讓人分心，無法好好做正經事，我每次企圖幹這類節目，就會帶給自己傷害。」

因此，他爲了滿足性慾，同時又要盡量保有隱祕的個人生活空間，唯一辦法就是去妓院買春解決。他在寫給柯雷小姐的一些比較隨意任性的信中就稱讚妓院這個古老行業的迷人之處，很適合他這種人。他每次一想到婚姻就害怕，一想到要做父親就全身不自在。柯雷小姐有時候會威脅他，說她可能懷孕了，他會要求她無論如何一定要墮胎。他很高興自己住在盧昂，柯雷小姐住在巴黎，這眞是個美妙的距離——至少他覺得很美妙。福樓拜畢竟還是少不了她，其中有幾個不足爲外人道的理由。他寫給她的信件可以說結合了色情告白（你大叫道：「咬我，咬我呀！」該不會忘得了吧？）、精采小論文以及對文學的信仰等。一八四九到一八五〇年之間，他去埃及和近東旅行了十八個月，這眞是一趟性狂歡之旅（他還帶了幾個雇用的漂亮男孩），一路上性交個不停，其中最猛烈的一次是一個叫做哈妮姆（Kuchuk Hanem）的妓女，他寫信回來給幾個親密好友——除了母親之外——鉅細靡遺報告和這位妓女的猛烈交媾過程（「我瘋狂地吸吮她」），當然還有其他更猥褻的文字描寫，此處不便一一詳述。

福樓拜所寫的一些色情的信簡，在他所出版的作品中算是比較不引人注意的部份，卻可以用來說明他從童年時代以來的性向發展之結果，他在小說中會大玩伊底帕斯情結之主題的遊戲，也描寫殺父，有時相反，不聽話的兒子被無情的父親殺了，他最擅於描寫戀母情結的感官愛情。他有一個英年早逝的妹妹，名字叫做卡洛琳（Caroline），他們兩個人從小一起長大，感情很要好，好得有點超乎尋常，甚至有點色情的風格（「我要好好把你吻個痛快！」她有一次在信中這樣寫道，她當時十八歲，福樓拜二十一歲）。他在看其他人的時候，想像經常會飄到他的眼睛看不到的地方，然後全部寫下來，他是個離經叛道的天主教徒，他對天主的不敬非常極端，甚至還在行為上面表現出來，比如他常說他很想在一間義大利教堂裡做愛：「黃昏將晚的時候，能夠躲在那裡的告解台後面，點上幾根蠟燭，然後就地狠狠幹一趟，會是多麼愜意的一件事情！」他在尚未眞正從事寫作之前，曾說想寫一篇故事，描寫一個男人對一個追不到的女人的愛情，他說這篇故事會讓讀者驚嚇得顫抖個不停。他說，他知道有些慾望他不敢去觸碰，其中一個就是他的妹妹，還有另一個：愛麗莎・史萊辛格（Elisa Schlésinger）。

他的確曾經很嚴肅地墜入過一次情網，而且還始終相當的忠實——以他獨特的風格。除了這次之外，另外還有一次傳聞中的戀情，並無具體證據能夠證實，但據說他當時也著實很「嚴肅」過，對象是他外甥女卡洛琳的英文女家庭教師茱麗葉．赫伯特（Juliet Herbert），只可惜這樁戀情因缺乏證據而無稽可查。他對史萊辛格夫人這樁戀情則是證據確鑿，史萊辛格夫人的丈夫是個狂妄而狡猾的生意人，福樓拜在特魯維爾（Trouville）海灘上認識她的時候才十五歲，而對方已經二十六歲──剛好是他和柯雷小姐在年齡上的差距。愛麗絲．史萊辛格細瘦高挑，皮膚有些黝黑，經常露出一副無精打采的樣子──福樓拜完全沒有機會，因為她對她那位喜歡拈花惹草的丈夫非常忠實。

他從未有機會接觸到她，可卻也從未忘記過她。他早年寫過一篇自傳式的東西叫做〈一位瘋子的回憶〉（*Mémoirs d'un fou*），內容即是描述他如何愛上她的過程。「瑪麗亞，」他如此稱呼她，「有一個小孩，是個小女孩，她很愛她，常常愛撫她並不時親吻她。」他眞希望他能「接受到其中的一個吻」。瑪麗亞「自己餵小孩吃奶，有一天我看到她解開上衣，露出胸部給小孩餵奶」，這件事的確在特魯維爾海灘上發生過，這一景觀令他永難忘懷。「她的胸部既圓又豐滿，褐色的皮膚，我還可以看到那細嫩皮膚底下淡藍色的血管。我從未見過女人的胸部，哦！好一個令人心曠神怡的胸部！好想用眼睛去吞噬，好想去摸一下！」他幻想自己用嘴巴去狂烈猛吸個不停，「一想到吻她的胸部所可能帶來的色慾快感，我的一顆心都快融化了」。

三十幾年後，在《情感教育》（一八六九年出版）一書中，對故事男主角佛烈德利克而言，愛麗莎化身爲半是母性半是令他渴慕的情婦之混合人物，一樣都是可望而不可及的夢中情人。三年後，福樓拜寫了一封動人的信給愛麗莎，信中提到沒有早一點寫這本小說而覺遺憾，主要的理由實在是因爲對生活感到疲憊，「我的人生越是往前邁進，越是感到悲哀，我又回到了以前全然的孤寂狀態。我爲你兒子的未來獻上我的最虔誠祝福，我視他如我自己的兒女，我熱烈擁抱你們兩人，我要擁抱你多一點，因爲你是我永遠的最愛（ma toujours aimée）」。愛麗莎是個百分之百的中產階級，福樓拜厭惡中產階級，她可必然是個例外。

IV

像福樓拜這樣一位守舊的單身漢，對風格那麼著迷，在出版《包法利夫人》之前還談不上是個專業作家，那麼，在一八五七年《包法利夫人》出版時，有頭有臉的法國人會抨擊他過分醜化人性，對福樓拜而言似乎並沒什麼好大驚小怪。他們這些人都被寫入了書中，難道沒有嗎？在小說中，最能代表中產階級之自負和愚蠢的，莫過於歐梅（Homais）這個角色了，他是地方上的一位藥劑師，雖然平凡無比，卻一天到晚把進步論調掛在嘴上——顯然是個伏爾泰主義者——而且還把自己看得比什麼都重要。小說中有一景以他為中心，筆調上描寫得特別生動，歐梅正在責備他的年輕夥計在塡寫處方時犯了一個要命的錯誤，他很生氣地推了這位夥計一下，這時候從夥計口袋裡掉落一本書，書名叫做《夫妻之愛》（*Conjugal Love*），誘惑人的地方是，這本書中還附有許多插圖，書掉落到地上時，歐梅太太剛好在一旁看到了，忍不住往前彎身想看個究竟，她的丈夫很生氣，揮手要她走開，「不可以！」他大叫道，「碰不得！」毫無疑問，她的丈夫絕對會禁止她讀《包法利夫人》。

除了《包法利夫人》之外，我們不難想像福樓拜的其他小說也會出現像包法利先生這樣蹩腳的情人，在《情感教育》一書中，男主角佛烈德利克在巴黎結交過許多女人，卻永遠追求不到他眞正想要的女人（福樓拜自己也是如此）。這本小說的結尾可以說是現代文學中最為反感傷的傑出手筆之一：佛烈德利克和一位昔日故舊憶起多年前，他們年輕的時候，一起去逛窯子時，站在門口無所適從，感到震驚的那副德性，如今想來，那是一段多麼美好難忘的記憶！

我們不妨再看看《布瓦爾和貝居謝》一書中那兩位靠借錢給人收利息過日子的主角，他們的愛情境遇也好不到哪裡。他們都各自繼承了一筆財產，生活上吃穿不用愁，但卻每天無所事事，到處遊蕩，他們以一種業餘而笨拙姿態想去觸碰各類知識的光環——農藝學、幾何學、機械、哲學、神學——每次都碰得灰頭土臉，嘴裡老是說著一些福樓拜蒐集多年而來的「陳腔濫調」語彙。他們在瘋狂追求百科全書式知識之餘，最後竟也轉向探尋性愛的活動，可嘆一樣是挫折連連。布瓦爾向一位生性貪婪的寡婦求愛，不幸立即遭到拒絕，貝居謝在他們的女僕身上投石問路，卻莫名其妙沾染上性病。總之，包法利先生以一種善意卻笨拙無趣的方式求愛，形成爲福樓拜估量正規性愛活動的標準。

比較起來，愛瑪的兩位婚外情人在性愛上可要比上述那幾個人勝任愉快得多，只不過在福樓拜筆下寫來，一樣也不是什麼像樣的中產階級。首先羅道夫（Rodolphe），這是一位三十四歲年紀的地主，「個性上很粗暴，卻有很精明的知性水平，由於和女人的交往經驗豐富，他很懂得女人」。他擅於調情，在他手上經手的女人不計其數，一個女人一旦讓他得手，他就想拋棄然後嘗試去另外涉獵新的對象。當他開始設計要擄獲既漂亮又涉世未深的愛瑪時，即已開始考慮到一旦他對她感到厭倦時要如何拋棄她，那是他向來的一貫行事風格。只不過是這次和愛瑪的關係對他所引發的厭倦感覺，竟比他所預期的來得慢，隨著這層關係的不斷演進，愛瑪也變得越陷越深，可說已完全陷在他的掌握之中，這時候他看出來，福樓拜這樣寫道：「在這次情事當中，他可以盡情追求各方面的性滿足，他決定任所欲爲對待她，不但讓她服服貼貼，還要讓她腐化。」

福樓拜在原來爲這本小說所擬的寫作大綱中，對這段情節描寫得更爲露骨：羅道夫把愛瑪當成是妓女，「把她操得——暈頭轉向」，愛瑪可心甘情願這樣被對待，他對她越粗魯，她反而越是愛他。②關於這個現象，福樓拜這樣評論道：「這是一種愚蠢的順從方式，充滿了對他的崇拜，也充滿了對肉慾的渴望。」總之，她把他看成像神那樣在愛他，愛瑪爲羅道夫付出了一切。

我們現在看愛瑪的第二個情人雷昂（Léon），她爲他一樣付出很多，這是一位法律的實習生，在他前往巴黎接受更進一步的法律教育之前，愛瑪已經被他的花言巧語弄得團團轉。他到了巴黎之後和女店員及工廠女工鬼混，學得了更多的調情技巧，等到他回外省之時，人格修養上沒什麼進步，可卻變得更聰明花俏。福樓拜這樣寫道：「他和那些活潑的夥伴鬼混之後，原先的羞怯氣息已消失殆盡，他回到外省時，只要看到那些不穿漆皮鞋行走在柏油大馬路上的人時，就從心裡瞧不起他們。」這樣的姿態的確有助於他去勾引外省鄉下的婦女，而他做到了。

對十九世紀中葉的讀者而言，《包法利夫人》書中的性愛問題特別會吸引住他們的注意，大大超越了書中值得爭論的道德問題。一八五七年，《包法利夫人》書出之時，英國當時著名評論家史蒂芬（James Fitzjames Steven）——我們前面已經提過他對狄更斯的評論——批評這本小說充滿太多猥褻描寫，女主角很令人「討厭」。他看到這本小說當時「在巴黎引起極熱烈反應，而且極受好評，許多重要批評家甚至視之爲寫實主義的至佳典範。」③史蒂芬並未眞正看出福樓拜的最大野心所在：他並不想被任何藝術流派所定型，他要成爲自己的流派。如果說他承認自己附屬於任何團體，那一定是一個特選的菁英份子團體。

史蒂芬還特別暗示，似乎只有法國作家才會寫出像《包法利夫人》這樣的小說，由於這個緣故，福樓拜得以把他這本傑作的視野更加擴充到更大的水平，特別是有關民族性的率直和情感之抑制等風格的問題上面。史蒂芬雖語帶保留，卻不諱言更進一步指出，這本小說僅適於小衆讀者，僅適於「那些對法國社會處境有興趣的人」，因爲這本小說畢竟見證了——也揭發了——一個文化的整體道德現狀。

然而，史蒂芬並沒有眞正了解這本小說在法國被大衆接受的實際情形，有許多法國人——特別是女人——覺得《包法利夫人》冒犯到了他們，就像許多正經保守的英國人或美國人所感受到的一樣。一八五六年，正當這本小說還在《巴黎評論》（*Revue de Paris*）上面連載時，當時這本雜誌的主編叫做杜剛（Maxime du Camp），是福樓拜一位圓滑而好耍手段的朋友，小說才連載一半就出現許多憤怒聲音要求停止連載這本小說。杜剛知道他這本雜誌早就因爲自由的觀點而受到檢查當局的注意，他已經不止一次被警告過，如果不收斂的話，雜誌遲早會被停刊。他開始有所顧忌，一八五六年十二月，他決定刪除小說中精采而猥褻的一段（可沒出現過任何一句猥褻的言語）：愛瑪和雷昂坐在馬車內於盧昂地區四處迂迴遊蕩，他們在馬車內整天不停調情做愛。福樓拜頗能理解杜剛爲了謹愼的理由，不得不如此做，可是如今內文尚未公諸大衆竟自己先行檢查刪除，他感到很生氣，因爲他嘔心瀝血寫出這一段，自己感到很得意，怎麼樣都不同意拿掉這苦心經營的一段。

杜剛的顧忌是正確的，一八五七年一月，當局把《包法利夫人》的作者、出版商和印刷商一併告到法庭，罪名是猥褻和妨害風化。福樓拜起先感到困惑，隨後卻感到被攪動了起來而覺得高興。同時他自認和高層方面有認識要人的管道，即使被起訴，應該不至於會有什麼危險。十二月的時候，他一直覺得很輕鬆愉快，甚至還爲惡名遠播而感到相當得意。「《包法利》事件的進展超乎了我的預期，」他寫道，「人們發現我太過忠於事實了。」眼看著就要被推上法庭的被告席之時，他自認是政府要修理別人的替罪羔羊，「我是替罪羔羊，他們只是想藉此毀掉《巴黎評論》而已。」這整個事件，他寫信給他哥哥阿席勒說，「根本就是一樁政治事件」。可是到了隔年一月中，他發現事情可能不是如他所想像那麼單純，他感覺到事實可能相反，《巴黎評論》才是替罪羔羊，「這整樁事件背後可能有陰謀，某種見不得人的惡劣陰謀。」顯然，一個人不必眞正獻身陰謀理論，也知道這背後一定隱藏有某種超乎想像的陰謀運作，必須追溯當時的政治背景。

福樓拜解不開的困惑說明了十九世紀中葉的法國乃是一個強烈分化的社會，在法國大革命發生了足足半個世紀之後的當時法國社會，許多法國人仍無法認同這個革命的眞正本質及其所帶來的後果，這樣的困惑從大革命爆發之時即已衍生，因爲大革命並未眞正徹底顚覆舊社會的一切，而這樣的困惑卻一直延續到福樓拜寫《包法利夫人》的時代，其特質是政治的不穩定，這遂成爲當時法國人心中最動盪不安的焦慮感覺。一八一五年，隨著拿破崙時代的結束，波旁王朝重新回來掌政，一直努力想恢復舊日王朝的鼎盛局面，但到了一八三〇年，這個不合時宜的願望卻爲一場不流血革命所摧毀，一群擁護奧爾良親王的貴族和一群上層中產階級（大部份當代觀察家如此認爲）取而代之，登上執政寶座，這個政權僅持續十八年，到了一八四八年爲所謂的第二共和推翻，這個第二共和的壽命更短（一個帶有激進實驗性質的共和政體），僅僅兩年而已：一八五一年十二月二日，拿破崙的侄兒路易．拿破崙，是當時由國會選出的總統，曾信誓旦旦要求永遠維護共和體制，卻在這一天突然發動政變，在一年後正式稱帝，自稱爲拿破崙三世，法國從此進入所謂第二帝國時代，這個王朝要到一八七一年普法戰爭後才正式宣告結束。

這可不會是福樓拜樂於見到的政治下場，他和當時法國其他文學界人士一樣，並不願意認同這樣一個新的現實，其中以雨果最爲典型代表，態度也最爲強硬，他以惡意口吻稱這位新皇帝爲「拿破崙小鬼」（Napoléon le Petit），這也正是福樓拜心中的想法——當然只是私下的心中想法。他最痛恨的就是這個政權對戲劇演出、新聞，甚至詩作的嚴格檢查，怎能不痛恨呢？就在控訴《包法利夫人》事件之後，立即輪到波特萊爾，他以詩集《惡之華》一書被公然告到法庭，法官認爲他的詩作充滿猥褻和傷風敗俗思想，會挑起讀者在感官上的不當反應，結果是：罰鍰三百法朗，再版時有幾篇詩作必須拿掉。公開的色情主義必須禁止，可是拿破崙三世自己情婦一大堆，一天到晚過著淫逸的生活，大家卻視而不見。「古希臘佩里克利斯（Pericles）時代的人們不會比拿破崙時代的人們更加聰明嗎？」福樓拜於一八五四年這樣問柯雷小姐。他和新帝國無法和睦相處——也許除了文人的獨裁之外，沒有一個政權會令他感到滿意，他在這方面倒和狄更斯很像，骨子裡是個無政府主義者。儘管如此，一開始《包法利夫人》被威脅著要加以起訴時，他還是認爲他會安然置之度外。

拿破崙三世一上台就終結對政治表示不滿的許可，但他還無法解決法國社會嚴重的分化問題，從法國大革命走過來的人對過去仍懷有深重的懷舊情結，他們對羅馬天主教不但表示冷漠態度，甚至還充滿敵意，大多數信奉天主教的人，尤其以鄉下地區佔最大多數，他們很擔心那些工人階級和自由派人士的反宗教行爲會傷害到整個國家社會的精神健全。英國歷史學家柯班（Alfred Cobban）曾如此簡要觀察：「拿破崙三世一直是個冒險家，坐上帝位之後更是如此。」他在位期間並非沒有建樹：大幅擴建鐵路系統，以及努力建設巴黎，將之打造成爲現代化的大都會。然而，整個帝國還是存在有許多不堪的一面，奧芬巴哈（Jacques Offenbach）充滿機智而相當好聽悅耳的輕歌劇說明了許多這方面的事實。

拿破崙三世雖然優柔寡斷，倒也能夠和教會和睦相處，同時能得到一般中產階級的支持。大部份歷史學家都把《包法利夫人》事件看成像福樓拜所理解的狀況：是一樁政治事件。當時的國家檢察官皮納爾（Ernest Pinard）一定是經過高層當局授意去從事控訴的進行！要不然，他也有可能是個機會主義者，本著為自己前途鋪路的邀功心態，藉宗教和道德之名，主動對這本作品提出控訴，期盼能因而獲得上層當局的賞識。特別是以維護宗教的名義去抗爭任何事情，永遠是錯不了的。

然而，我在前面所暗示過的，一根煙斗，不管怎麼樣，永遠就是一根煙斗，眞不知道還可能會是什麼。這次的控訴事件也許眞的就是那麼單純，愛倫坡（Edgan Allen Poe）有一篇叫做〈被偷竊的信〉（The Purloined Letter）的著名短篇小說，其中所設定的命題是：最隱密的地方，經常就是最觸目可及的地方。皮納爾那麼汲汲營營想要起訴福樓拜這本小說，可能的情況是，他一方面被這本小說的文學力量所震撼，另一方面覺得他有責任保護群衆，以免他們的心靈被這本小說污染。他太過沉溺於這樁控訴案件，以致上級要他停止時，他反而不肯聽從指示了，這個案件關係到他未來前程的發展。「誰會去讀福樓拜先生這本小說？」他在法庭上這樣問，「是那些具有政治或社會經濟地位的人嗎？當然不是！這本小說的輕浮內容會落到那些個性尙未成熟的人們手裡，特別是年輕女孩，甚至是那些已婚婦女。」皮納爾當時年輕氣盛，他沒想到自己未來會出版一本內容猥褻的詩集，這倒是大大出乎福樓拜意料之外的一大反諷，當然這畢竟不會貶損以前他維護道德風俗的一片熱誠。這倒是強調了一項我們所熟悉的事實，那就是許多人在一生當中，經常會不自覺淪爲被不符合自己需要的觀念所玩弄。

在法庭上辯論的時候，皮納爾並不吝於稱讚福樓拜在藝術上的成就，但同時還是不得不抨擊他猥褻淫蕩的一面，他特別從書中舉出幾段他認爲不道德和傷風敗俗的文字描寫——兩段勾引的場景，愛瑪兩次偷情中間短暫的宗教行爲，還有最後愛瑪臨終的時刻——他特別強調，作者爲了達到藝術的目的，竟赤裸裸毫不遮掩寫出這一切。「他不稍微遮掩一下，簡直就是肆無忌憚。」他至少強調了三次要庭上注意他所說的「通姦的詩學」（The poetry of adultery）。然而，福樓拜他們這邊的辯護律師塞納爾（Marie A. J. Sénard）在辯論表現上比他的對手更勝一籌，他引用作者所提供的寶貴資料，振振有詞證明書中許多曖昧的片段都是有來源根據：法國一些古典作品以及啓蒙運動時代毫無爭議的代表性人物孟德斯鳩（Montesquieu）。至於愛瑪臨終那個被批判爲冒瀆宗教的描寫，塞納爾特別指出，那是作者借用自羅馬天主教慣用的儀式，並將之譯爲法文，只不過稍事加以修飾變化而已。他們贏了這場官司，福樓拜和他的被告同夥當庭無罪開釋，唯一的懲罰：必須聆聽法官訓誡一番，因爲他們沒能出版一本有教誨性的書。

這場官司比福樓拜自己所預期的還要累人和驚人，但他本人或對事情的看法並未因此而有所改變：他更加堅定他對中產階級的看法。那時，他對中產階級的憎惡已有二十年之久，不過這次事件的結果令他感到欣慰的地方是，有不少頗具影響力的圈子都表示支持他，「有許多婦女，」社會上有某些地位的一些女人，福樓拜寫道，「都變成了包法利迷（Bovarystes enragées）。」有的甚至還向當時的皇后歐琴妮（Eugénie）請求赦免她們最喜愛的這位作家，讓他能夠免除法庭的訴訟之苦。當然，並不是所有的支持都是那麼令人欣慰，上述的英國批評家史蒂芬最後下了一個令人無法接受的結論——至少福樓拜就不能接受——他說，福樓拜企圖寫一本「道德之書」，最後以女主角的痛苦死亡終場。

同時之間，福樓拜也在法國發現到一些意想不到的同道，其中最顯著的一位就是鼎鼎大名的詩人拉馬丁（Alphonse de Lamartine），他不但是著名詩人，還是個政治人物，同時也是小有名氣的歷史學家，他說他熟讀《包法利夫人》已經到快要可以背誦的程度，並宣稱隨時願意出面爲這本小說說話。一八五七年，正當福樓拜面臨官司煎熬之際，多麼渴望有人出面助他一把，這時候拉馬丁的適時出現，可能帶給他很大的鼓舞作用，雖然此人並不是個眞正的小說作家。早在那時的五年之前，他在寫給柯雷小姐的信中曾提及拉馬丁新近出版的一本小說《葛萊齊拉》（*Graziella*），他說這可能是拉馬丁寫得最好的一本散文作品，只不過還是顯得很平庸。「首先，」他特別指出拉馬丁這本小說中對男主角愛情的不當處理，「他有跟她睡覺沒有，到底有還是沒有？這違反了人性。」因此，「整樁事情蒙上了一層神祕氣息，讀者變得無所適從——性愛的結合被驅入陰影之中，好像喝酒、吃飯或小便等等，這樣的事情應該特別孤立起來去描寫才對。」福樓拜絕不會這麼假正經——《包法利夫人》就是一個最佳見證。

適巧這正是控訴他的檢察官皮納爾所提出的要點所在：瀰漫整本《包法利夫人》的是一種情慾解放的氣息。這位檢察官還跟庭上說，他所引證的內容尚不足以說明這本小說的淫蕩程度。他說的沒錯：如果他想把這本小說像強烈香水那般瀰漫全書的色情味道傳達出來，他必須從頭到尾把整本小說朗誦出來。愛瑪尚未出嫁，還是個年輕女孩時，早就顯現出有色慾薰心的傾向，包法利先生和她比較起來，似乎遲鈍了許多，可是他第一眼看到愛瑪時就被迷住了。他前往愛瑪家的農莊爲她父親看腳傷，當他第一眼看到愛瑪，心裡就迫不及待想找機會再回來——當然是爲了愛瑪，而不是她的父親，父親的腳傷早就好了。有一個場景寫得特別色情，福樓拜把愛瑪寫成故意擺出誘人的姿態，這是一段令人印象極爲深刻的文字描寫，包法利先生正準備要離開農莊，愛瑪和他站在一起等人把他的馬牽來，「正逢融雪的時候，庭院裡樹上的樹皮在滴著樹液，屋頂上的雪正融化著。她在門口站了一會兒之後，走進門去拿出她的陽傘，然後把傘撐開。這是一把絲質的陽傘，陽光透了過去，照耀在她白皙的臉上，不停跳躍著。她在陽傘底下對著他微笑，同時傾聽水滴落在陽傘上面，一滴接一滴，落在緊繃的絲布上面。」這個場景的描寫讀起來感覺好像是莫內（Monet）在明亮的戶外爲卡蜜兒（Camille）畫肖像。即使像包法利先生那麼遲鈍的人，都可以隱約感受到水滴掉落在愛瑪陽傘上的聲音，以及她裸露的肩膀上在陽光下發亮的汗珠所帶來的不同凡響感覺。

愛瑪是個世俗的女人，當她在靜靜傾聽什麼的時候，會用牙齒咬著嘴唇，當她用手指頭拿著針縫東西的時候，會很不自覺用嘴巴去吸吮一下手指，露出一種動人心扉的撩人姿態。有一天，包法利先生又前來看她，她倒了一杯柑桂酒給他，倒得快要溢出來，然後也爲自己倒了一點點。和對方碰杯之後，她就舉杯要喝自己的酒，「她的杯子幾乎是空的，只有幾滴酒而已，」福樓拜這樣寫道，「她仰頭喝酒，然後把頭彎回來，嘴唇往前動了一下，伸直頸子，笑了出來。她把舌尖伸到兩排漂亮的牙齒之間，舔了一下杯底，還故意用力頂了幾下。」這段文字讀來好像爲我們預告愛瑪未來可能的犯罪行爲，還比這個要出色好幾倍。

就在愛瑪嫁給包法利先生不久，她再一次演出類似的節目。羅道夫認識她那天，經過一整天的努力之後，終於擒獲了她的芳心，事情發生的地點就在戶外，「她的騎馬裝和他的天鵝絨外套觸碰在一起，頸子輕輕往後仰，發出一聲嘆息，眼裡含著淚水，一陣長長的顫抖之後，臉埋入對方懷裡，她把自己交出去了（elle s'abando-nna）。」面對著時間和對象的不同，她從主動變成被動，從征服者變成了俘虜，她完全向性的征服者舉手投降了。福樓拜在這裡的描寫不管是時間上或動作上的配合，都是不偏不倚恰到好處，他完全準確捕捉到了愛瑪那種半推半就的姿態，在要命的時刻裡，把臉埋入了對方懷裡。

後來愛瑪和下一個情人雷昂邂逅時，那種顫抖的風格又再度表演了一次。他們初時經過一番爭執，後來和解了，只不過她發現他們的交媾熱情越來越冷卻，她想盡辦法要重新點燃對方的熱情，她使盡全力，比以前任何一次更賣力，整個倒入對方懷裡，「她心裡不斷告訴自己，下一次和他幽會時一定要得到最深刻的幸福，但每次完事之後，她老是覺得平凡無奇，還好這樣的失望會很快爲新的希望所取代，再度見到他時，她都會表現出比先前更興奮和更貪婪。她會迫不及待脫掉衣服，襯裙從屁股上滑下來時，還會發出像蛇在滑動時的嘶嘶響聲。她會躡著腳輕盈地走向門口，看看門是否鎖上了，然後回頭倒向她脫下來的衣服上面——最後，蒼白地，默默地，嚴肅地，她整個投入了他胸前，發出一陣長長的顫抖。」

蒼白、默默、嚴肅，同時還發出一陣長長的顫抖：福樓拜似乎有意忘了提醒讀者，愛瑪的婚外情帶給她自己的恐怕是悲慘多於喜悅。誠然，她先後和羅道夫及雷昂兩人一開始的時候還眞享受到了類似度蜜月的樂趣，她第一次和羅道夫睡過覺之後，感覺眞是舒坦極了：她自言自語說道：「我有一個情人了！我有一個情人了！」但隨即感到一陣焦慮，因爲她同時也害怕會喪失掉原本生活中令她感到滿足愜意的一切，有時候，她甚至會懷疑這樣瘋狂豁出去，是否會比好好當個規矩忠實的包法利夫人更值得，因爲她總是必須不斷尋找莫名其妙的理由和藉口，以便和情人幽會，因而每次在性愛滿足之餘，總免不了夾帶一些憤怒的情緒，她發現性愛滿足和憤怒情緒總是無法分開。④當她這些情事告一段落之時，簡直痛苦到了極點，羅道夫答應帶她遠走高飛，最後卻遺棄了她，雷昂在她債台高築而被逼得走投無路之時，拒絕伸出援手。她會責備羅道夫無情無義，這時候她眞正說出了她對愛情的憤怒心聲。可嘆她在外遇事件中，福樓拜評論道，畢竟還是發現到了「婚姻實在是陳腐平凡至極」。

V

福樓拜對愛瑪的閱讀背景的描寫，還有她的迷戀行爲以及當她陷入金錢麻煩而所有鄰居的無情反應等這一類描寫，有時讀來不免感覺有些誇大，但這不能不說和他當時的文化背景多少有一些關聯。他和一些擅於運用諷刺的作家一樣，很清楚某種程度的誇張是諷刺的必不可少之要素——只是必須注意不可超越實際情況的範圍。「達到理想的方法，」他告訴評論家泰涅，「就是符合寫實主義的風格，但符合寫實主義風格則必須透過選擇和誇張才能達到。」當然，這樣說的意思並不是意謂，他願意承認他對中產階級的批判有任何過分的地方，更談不上有任何不公正之處。他的所有這些批判在他看來，都是針對十九世紀中產階級法國文化的眞實面而發，而且所陳述的事實都已經算是相當的含蓄了。

他認爲生存的社會已經被「不眞實」導致的個人自我之扭曲所嚴重挫傷，在他看來，中產階級所崇尚的高層理想都是一派胡言，都是自欺欺人的謊言。婚姻、商業、政治、宗教、孩童的教育，以及藝術、文學、戲劇和音樂等的表現，全都是爲了迎合大衆的口味和自身在社會上地位的晉升而設計製造出來。中產階級的最大致命敵人就是誠摯，批評家加在他們身上的諢號——「僞善者」、「庸俗者」、「騙子」、「郎中」、「強盜貴族」，甚至在法國極合適地稱之爲「雜貨商」——這些都是極得當的稱謂。福樓拜認爲，所謂中產階級批評家、中產階級贊助者、中產階級收藏家、中產階級編輯者等，可說統馭著一切，而他們所遺留下來的禍害實在是昭然若揭，大家有目共睹。中產階級的眞正品味也有顯露的時候：《包法利夫人》書中所描寫愛瑪對愛情的狂喜反應，以及對愛情的種種期待盼望，還眞符合了他們的口味。

因此，愛瑪可說是這個社會上「不眞實」之個人扭曲的最典型代表，也可以說得上是整個社會的縮影。她的自戀行爲反映了她周遭鄰居的自戀心態，而她的行爲正是她心目中文學模型的模仿反映，她的性冒險不再只是她個人的行爲，她的性慾轉化在男人身上，而她自己則心甘情願成爲男人的性玩物。羅道夫特別教導她什麼是她的「自然的」慾望，如果她活在今天，去詢問社會工作者她的行爲代表什麼意義，他們會告訴她，她在自我作踐。

不管福樓拜是以個人化風格所刻劃的包法利夫人，或是以尖酸刻薄的一般性方式去攻擊法國當時的文化，他對他所生活世界的嫌惡是全面性的，他在信件中更使用「報復」這樣具挑釁的字眼來形容他對法國社會的憎恨。一八五三年，當時福樓拜才二十二歲，他和好朋友布依耶（Louis Bouilhet）兩個人對未來文學前途都拿不定主意而情緒低落，他建議他們應該像社會對待他們那樣，冷酷加以反擊：「喔！我要報復！我要報復！」他這方面和狄更斯很像，只要一發現適當的攻擊目標，便挺身加以強烈鞭撻——眞正的對抗社會。兩年後，布依耶有一齣戲劇被法蘭西劇場（Théâtre Français）拒絕，他安慰這位朋友說：「你所碰到的障礙更堅定了我的信念，那就是一個人越平庸，爲他敞開的大門就越多。」但布依耶的天眞回答則令他訝異：「你不了解法蘭西這個可愛的國家，他們憎恨天才！」他只好以一種特有的粗糙方式來宣洩他的鬱悶：「這個時代的愚蠢現象眞令人反感，我感覺到要脫腸了，糞便都湧到嘴巴上面來了。」一八六七年，他寫給喬治・桑的一封信上面這樣說：「用解剖的方式去報復。」的確不錯，他所使用的最佳方式就是解剖。

波特萊爾曾爲《包法利夫人》寫過一篇精采書評，他特別感受到這本小說背後的眞正主要動機正是一種頑固對抗社會的心態，他看出其作者所抒發的執拗無情的批判性筆調，福樓拜透過運用具有想像力的最蹩腳題材，說出了他對這個社會的不滿——的確，這個題材眞是有夠蹩腳。波特萊爾對福樓拜的理解很徹底，對他的形容也很精確：「在一張平凡的畫布上，畫出了最有力、最逼眞、最細膩同時也是最準確的風格。」他又繼續這樣說道：「我們應該把最火辣熾烈的感情投入最平凡普通的冒險，最莊嚴的話語經常吐自最愚蠢的嘴巴，那麼，愚蠢的眞正源頭，最愚蠢的社會，最荒唐的製造者，一堆蠢蛋聚集的地方，到底在哪裡呢？在外省地區。在那裡最教人無法忍受的居民是誰呢？一般人，他們一天到晚專注於瑣碎無聊的事情，忙著幹些扭曲觀念的工作。」對福樓拜如何透過意志的力量和全然的創造才能去創作出這本作品，眞再找不出比波特萊爾的評論更具說服力的說明了。

以現代文學的標準來看——我肯定衡量標準一定是存在的——《包法利夫人》的崇高地位應該是牢不可破的。這本小說從今天的眼光看，其吸引人的程度並不亞於一百五十年前書出之時，但對歷史學家而言，其功能就受到相當大的限制，因爲這本作品即使在很大程度上服膺於所謂的「現實原則」，但是在呈現這個原理時，並不是那麼的不偏不倚。這本小說有一個聽來無害的副標題：「外省的道德習尙」（moeurs de province）。這個副標題對外人而言，好像一根隱藏的刺一般：在福樓拜的圈子裡，他們向來把「外省」看成是陰沉、老套以及膚淺的虔誠等之同義詞。這本小說就像是騷擾他們的武器，不管我們企圖從小說中學到什麼，它眞正要告訴我們的，與其說是拿破崙三世時代的法國或是作者的家鄉盧昂地區的道德習尙，倒不如說是法國的前衛風格或是作者對生存的焦慮感覺。

一八五〇年代，盧昂的人口大約有十萬人左右，這並不是什麼藝術之都，一直到一八八〇年，福樓拜去世那年，這裡的第一家藝術博物館才正式開張。福樓拜最喜歡的戲劇《哈姆雷特》（*Hamlet*）和最喜歡的歌劇《唐・喬凡尼》（*Don Giovanni*），在這裡根本找不到像樣的劇團去演出，當然盧昂也沒有足夠的水平去欣賞這樣的藝術。然而，他對他們的冷嘲熱諷，把他們描寫成粗俗、貪婪、唯物主義以及沒有節操，說來實在相當的不公平。盧昂是一個省會所在的城市，工商發達，是高級政府官員和高級教會人士的居住地，多的是富商巨賈，其中最爲人所熟知的德波（Fraçois Depeaux），是船業大亨、棉花商人、慈善家、業餘遊艇玩家，而且還是印象主義畫作的收藏家，不過那時候的印象主義畫派尙未得到眞正重視。同時，有許多資料可以證明，有許多地方上的中產階級還是高檔小說作品的讀者，其中不乏福樓拜的熱烈擁護者，他要是有機會去了解一下他們晚上時光都在讀些什麼，他就不會那麼看不起他們了。福樓拜寫過一本書，叫做《成見詞彙詞典》（*Dictionnaire des idées reçues*），他在書中蒐集許多有關中產階級智慧的諷刺性語彙——譬如，「音樂會：良好教養的娛樂」或「小說：腐化群衆」——這些恐怕都不適合用在盧昂的居民身上。

然而，福樓拜想要冒犯和驚嚇那些刻板保守大衆的願望，畢竟還超過了他追求事實的熱誠。「這本小說會不會嚇到別人？」一八五六年十月，正當《包法利夫人》準備要開始連載時，他提出這樣一個問題，然後自己回答：「但願如此！」的確，他甚至都會忍不住在小說最後補上幾句話，好讓法國的群衆感到難堪。愛瑪死後，她丈夫的所有家當都被拿去拍賣，以償還她所積欠的債務，然後，緊接著包法利先生發現了她太太生前的祕密，同時又爲太太的猝死傷痛欲絕，最後竟死於找不出緣由的病症——法醫來驗屍也找不出什麼名堂——可能眞的死於心碎，到死身上都還「籠罩著憂鬱的愛」。另一個角色，自由派的中產階級典型人物歐梅先生，在小鎭上的聲譽卻蒸蒸日上，「當局揶揄他，群衆支持他，他剛剛得到了榮譽十字勳章」。福樓拜至此意思極爲明顯：大家都輸了，只有中產階級才是眞正贏家。

註釋

①「我最近重讀米西列（Michelet）的《羅馬史》（*Roman History*），」一八四六年他寫信給一位朋友這樣說，「古代的一切令我頭暈眼花，眞希望能夠生活在凱撒或尼祿時代的羅馬——試想在一個大軍凱旋歸來的晚上，戰車上瀰漫著香味，被俘擄的敵人國王跟在後面，然後，大家徐徐進入競技場，看，能夠生活在這樣的時代多麼愜意！」

②在小說中，福樓拜高度技巧化了他們之間性愛場面的描繪，他把許多空白留給讀者去塡滿。當時精神分析的觀念尚未出現，他卻已經能夠寫出許多性愛行爲的暗示性意義，愛瑪每次和羅道夫性交之後，他這樣寫道：「她會在房間裡走來走去，她會開抽屜看看，用他的梳子梳頭髮，用他刮鬍子用的小鏡子照自己的臉。有時候她會拿起玻璃水瓶旁邊小桌子上，放在檸檬和糖塊之間的一個大煙斗，她會把煙斗的煙桿子放在牙齒之間咬住。」這是一幅有趣的畫面，充滿了性的暗示，當然，可能有人會說，煙斗就是煙斗，還會是什麼嗎？

③我在本書〈序曲〉一章中已提過，福樓拜自己並不贊同此種看法，「人們認爲我對現實很專注，坦白說我討厭現實主義的說法，我正是基於憎惡現實主義才會想要創作這本小說。」

④福樓拜告訴我們，愛瑪一旦表現出不能滿足她那枯燥乏味的中產階級婚姻之後，他就不斷反覆強調她那憤怒的心態——不滿她丈夫，不滿她自己，而且也不滿她那無來由的哀傷——然而，同時之間她的鄰居們卻會稱讚她是個會料理家務的年輕妻子。兩個例子：「她心中充滿了貪婪、憤怒和憎恨。」不久她和雷昂搞上之後：「由於她對雷昂的強烈熱情，竟引發了她的性愛胃口和對金錢的貪婪以及憂鬱的氣質，全都混合成為一種懊惱情緒。」

3

叛逆的貴族
湯瑪斯・曼的《布頓柏魯克世家》

The Mutinous Patrician: Thomas Mann in Buddenbrooks

湯瑪斯・曼出版於 1901 年的《布頓柏魯克世家》德語版原著封面，德國 S. Fisher 出版社收藏。

・在年輕時代的湯瑪斯．曼及一般德國人眼中看來，
哲學家不過是在咖啡館賣弄小聰明且毫無傳統觀念的不負責任傢伙，
這些人認為散文優於詩歌，心中不時充滿天眞和冒瀆神聖的想法，
他們簡直把異端邪說看成是人類完整性的表露。
曼在年輕時代會帶著這樣嚴肅憤懣的觀點去看世界，
我們便不難理解他對人生的看法會是什麼樣子：
認定人生的目標——不管是結局還是目的——就是死亡。

・曼寫這本小說並不需要經過狄更斯和福樓拜的引導，
以便符合寫實主義原則的要求，
他有他自己想說的話，我們或許可以這麼說，
他寫這本小說是出於一種報復的批判心理……

I

狄更斯和福樓拜企圖寫作有美學可信度的文學作品，同時以擅於展現政治性批判見稱，但湯瑪斯・曼則表現在作品的深度和奧妙方面，這恰好也是困惑著具有德國心靈的批評家之處。他於一九〇一年，亦即二十六歲那年，出版《布頓柏魯克世家》一書，之後不管是在通信中或是自傳性文字及訪問裡，他都會一再強調，這是一本「非常德國的」，亦即「非常日耳曼的」作品。他也會說，這也是一本有關倫理學的小說，然後強調華格納（Richard Wagner）這位「最偉大的大師」是他的心靈導師，華格納教導他如何使用「中心主題」（leitmotif）和「象徵的手法」（emblematic formula），在「特定時刻裡，形上和象徵的高度展現」。

他的心靈導師並不只有華格納一人，還有叔本華（Schopenhauer）和尼采（Nietzs-che），都是哲學家，而不是小說家。當然，這和他特別擅於在小說中運用反諷手法並無實質連帶關係，反諷正是他著名的個人商標，可惜並非所有讀者都能眞正領會他在這方面所表現的高層次思想。「大部份的人，」他帶著苦澀的口吻說，只欣賞他「是個美妙晚宴的絕佳記錄者」，他因此感到失望，許多人都忽略了他的雄心企圖，他想成爲超凡的征服者。

在《布頓柏魯克世家》一書中，曼把中心主題和象徵的要素運用到幾近完美的地步，以致這本小說讀起來像是一篇具體的世俗家庭的記事，這本小說由於上述因素而寫得極爲精采，既通俗又有深度，在出版之時廣受一般大衆讀者的喜愛。他說書中部份角色乃是根據「一些活生生的人物來塑造」，有些來自「家庭的記憶，包括美好的和不堪的」，有些則是來自「我年輕時代曾對我造成深刻印象的一些個人」。①一九〇三年這本小說出版不久之後，他寫信告訴友人：「我聽說我家鄉有些人讀了這本小說之後，發現我的生活和作爲均頗有可取之處，都對我刮目相看。可想而知，一個人可以把自己居住過的城市寫成一本一千一百多頁的小說，總是不能等閒視之才對。」總之，在湯瑪斯・曼的眼中看來，《布頓柏魯克世家》是一本在留培克（Lübeck）土生土長的一位小說家所寫的關於留培克的小說，當戲劇評論家鮑伯（Julus Bab）問他，小說中的主角湯瑪斯・布頓柏魯克（Thomas Buddenbrook）住在哪裡時，曼的回答好像眞有那麼一個地址似的：「事實上，湯瑪斯・布頓柏魯克的家並不住在漁夫巷，而是貝克巷，兩條巷子平行，門牌號碼是五十二號。」這聽來倒像是個十足的傳統寫實主義者的口吻，只不過一個眞正的寫實主義者經常是不會爲「現實原則」所局限的。

曼的這本小說可以說是過去兩百年來德國文學史上，最傑出的描寫家族故事的作品，他描寫一個富裕的世襲商業家族從一八三〇年代中期到一八八〇年左右之間興盛和衰落的故事，他特別把故事的重心著重在這個家族如何走向衰落的過程。布頓柏魯克這個家族是地方上的望族，他們有強烈的榮譽感，同時家族間成員之間的關係又十分親密。小說的故事從第一代約翰・布頓柏魯克（Johann Buddenbrook）老議員寫起，他是這個家族的建基者，故事開始時他已經爲這個家族累積了相當龐大的財富，中間經過三代，直寫到第四代漢諾・布頓柏魯克（Hanno Buddenbrook），他是這個家族的最後終結者。

小說後半部有一個場景描寫一個決定性的關鍵時刻，當時才八歲的小漢諾，有一天無意間看到家庭的記事簿，上面詳細記載著家族中每一位成員身上發生過的大小事件，旁邊還特別註明事件發生的日期和一些評論。他仔細翻閱之下，看到了自己的名字——尤斯特斯（Justus）、約翰（Johann）、卡斯柏（Kaspar），以及他的出生日期。他隨手拿起一枝尺和一枝金筆，在他的名字下面空白處畫了兩條平行線。那天晚上，他的父親湯瑪斯．布頓柏魯克，當時已經是第三代的一家之主，發現到了他兒子在家庭記事簿上的冒瀆行爲，大爲光火，就逼問兒子這樣做是什麼意思，「這是什麼意思！說！」「我以爲……我以爲……」兒子在受到驚嚇之餘，支支吾吾地說：「我以爲底下沒有了。」這是一個具象徵性意義的時刻，湯瑪斯．曼並非平白浪費筆墨去描寫這段插曲，我們知道小漢諾底下，眞的什麼都沒有了。

《布頓柏魯克世家》的背景是德國北部地區一個不具名的城市，在這整個故事的發展過程中，小說鉅細靡遺詳細記載了家族中發生的大小事件：訂婚、結婚、出生受洗、生日、結婚週年紀念、爭吵、離婚，還有最後主角湯瑪斯去看牙醫。這看來瑣碎平凡，但是曼很淸楚他是在解剖一個商業王朝，他並未忽略經常提到這個家族如何賺錢，以及有時候怎樣賠錢。他不僅努力刻劃他們的行爲模式、他們的品味以及他們的語言——第一代的布頓柏魯克經常在言談中夾雜法語，而且使用一種貴族口吻在使喚僕人，他同時更強調他們商人的行事格調。布頓柏魯克這個家族是屬於老一派的商業家族，他們言談彬彬有禮，在急遽變化的商場上永遠維持誠實保守的作風，故事演變過程中竟出現一位女婿要詐失敗而傾家蕩產，最後只好以離婚斷絕往來收場，另一位則是以侵佔公款罪名而鋃鐺入獄。

湯瑪斯·布頓柏魯克在繼承家業成爲一家之主以後，並未一味墨守成規，有時也會有超乎尋常投機的交易行爲出現。有一次，他在經過一番內心掙扎之後，決定就那麼一次違反家族的規矩，以極低廉價格買下一個大農場，這個農場的主人原來是個貴族，因爲需錢孔急，只得賤價出售這個農場。湯瑪斯心裡打的如意算盤是，他期待從農場上的農作物獲取非法暴利，這樣做似乎有違布頓柏魯克家族向來循規蹈矩的商業作風，但他會這麼做主要也是出於妹妹冬妮

（Tony）在旁邊的不斷慫恿（因爲她剛好就是那位貴族妻子的親密好友），買下這個農場一方面可以幫助朋友度過經濟難關，另一方面又可能爲家族帶來一筆不小的收益，如果不做，家族在生意上的競爭對手哈根史特洛姆（Hagenström）會立即插手進來。

湯瑪斯決定接受妹妹的建議去違背自己向來的誠實作風，倒未必是出於貪婪的想法，他只是想向各方證明他們的對手哈根史特洛姆家族尚未取代他們在商場上的地位，他要讓大家知道，他們的經濟實力還是很雄厚的。那年秋末，正當他們在慶祝公司成立一百週年紀念之時，湯瑪斯一位下屬給他拍來一封電報：農場上的作物全毀於一場冰雹暴風雨。這看來像是天旨的報復，雖然上天假湯瑪斯之手施展報復，這件事的決定和執行全出自湯瑪斯的意志，但冥冥中似乎有一個形上的道德家在執行裁決工作，這個訊息已經很明顯：當有一位布頓柏魯克的人企圖成爲時代的無情資本主義者之際，他失敗了，而且比他安守本分卻無法適應新的惡劣時代之作風失敗得更加徹底。

哈根史特洛姆家族成了新時代的象徵，他們是新的資本主義家，沒有什麼優良傳統可言，也沒什麼值得炫耀的光榮先祖，他們的錢財來得快去得也快。這個家族當下的一家之主赫爾曼・哈根史特洛姆（Hermann Hagenström）表面看來客氣溫和，實質上似乎並不是個條理分明的人，湯瑪斯・曼顯然有意把他描寫得不討好，在他筆下寫來，這個人極端肥胖，滿臉肥肉，有雙下巴，狄更斯小說中怎麼樣也從未出現過這樣壯碩痴肥的人物。他為家人蓋了一幢壯觀的豪宅，可是從建築設計看卻毫無傲人之處，他每天早餐一定要吃鵝肝醬——總之，這是一個暴發戶的典型代表。小說最後他取代了布頓柏魯克家族在商場上曾經有過的輝煌地位，甚至還買下曾經代表他們顯赫地位且已居住多時的大宅！

小說中有不少筆墨描寫經濟和社會的鬥爭，這乍看會是很適合社會和文化的歷史學者研究的材料，事實未必盡然。曼認為資產階級的衰落和中產階級的興起此兩者之間的爭鬥糾纏並非他所要投注的焦點，小說出版多年後他說，在這本小說中他所要探索的毋寧是有關人類內在靈魂的傳記上和心理學上的問題，「社會和政治的問題，」他說道，「我只是不自覺偶爾加以點綴而已，這方面的問題我興致並不大。」不過，當時或稍後有幾位著名社會學家如韋伯（Max

Weber）、托洛奇（Ernst Troeltsch）和宋巴特（Werner Sombart）——全都是德國人，都適時發表許多傑出見解，認爲現代的資本主義者都具有拚命蠻幹和自我棄絕享樂的特徵，這剛好吻合了曼在這本小說中所刻劃的事實，他還因此特別強調，他寫作這本小說時，書中所描寫的一切，從未得助於任何社會學家的觀念。②這說明了一件事實，曼在寫作《布頓柏魯克世家》這本小說之時，早已不自覺透露了許多主宰十九世紀歐洲社會上資本主義精神的玄機，只不過是他可能並不知道他寫得有多麼的精確和中肯。

由此事觀之，曼在這本小說中所寫內容恐怕不會「單單」只是寫實的家庭故事而已，他所謂的「傳記和心理學」的問題，在他看來所牽涉的則是生活和死亡的問題，特別是死亡問題：一直到他五十歲爲止——至少到一九二〇年代初期爲止，他都相當專注此一主題——他始終都在和死亡玩浪漫的遊戲，他在這方面有三位前輩大師，其中特別以華格納最爲顯著。他把愛和死亡緊緊連結在一起，成為他的著名標記，就我所知，他最熱愛的作品是華格納的《特利斯坦與伊莎爾德》（*Tristan und Isolde*，編註：又譯《崔斯坦與伊索德》）。

曼在出版《布頓柏魯克世家》多年以後，對這方面主題的專注依舊持續不斷，這本小說出版之後不久，他寫了一個中篇小說，叫做《特利斯坦》（*Tristan*），這篇小說倒是提供了他大肆發揮此一帶有嘲弄和病態性質之觀念的空間。這篇小說的故事背景發生在一家肺病療養院裡面，描寫一位叫做特利斯坦的怪異「情人」，他是個個性軟弱卻又口若懸河的唯美主義者，他愛上了一位叫做伊莎爾德的年輕母親，她是個很有才氣的鋼琴家，但醫生卻禁止她彈鋼琴，以免對她的神經造成進一步的傷害——這個女性角色比較像奧芬巴哈的《霍夫曼故事》（*Tales of Hoffmonn*）裡的安東妮亞，而不像華格納的《特利斯坦與伊莎爾德》裡的女主角，不過曼的女主角和華格納的女主角一樣，最後都是死於肺病，而不是為愛而死。曼在寫《特利斯坦》這篇小說的時候，心裡必定都在想著華格納，只是他和這位前輩大師始終保持著某種反諷的距離：他稱他自己的故事為滑稽劇。不過，他雖然以自由任性手法處理這個嚴肅的音樂劇主題，畢竟還是掩蓋不住他對人生的深沉悲觀看法，愛神（Eros）和死神（Thanatos）是一體的。

特利斯坦和伊莎爾德都是因爲渴望滅絕而死亡，但這樣的死亡方式同時卻又充滿生命力，特利斯坦刻意爲自己製造阻力，以免消耗掉他對伊莎爾德的熱情，他們都因想望漫無止境的幸福而活躍起來，他們的命運在維多利亞時代喚起了一種愛的哲學，這樣的哲學可見諸於宗教詩人如帕特摩（Coventry Patmore）和金斯利（Charles Kingsley）等人的詩作中——他們都不是華格納的信徒。在他們眼中看來，眞正的樂園就是漫無止境的性交活動。許多人在聽華格納的這齣歌劇時，包括一些專業樂評家和不少的普通聽衆，都沒聽出華格納的樂音裡對愛和死主題的吟詠，正是直指淫蕩的性愛行爲，隨著樂音的交響奔放，旋律的節奏升高，以至達到高潮後戛然而止，這裡頭到處都是性交行爲的隱喻暗示。

當然，把共同赴死的想望反映在性交的同時高潮上面，並不是什麼了不起的創見，法國人向來把這種性愛的擁抱交纏稱之爲「小小死亡」（la petite mort），因爲在性交的高潮爆發之剎那，一對男女已然結爲不可分割的一體，在互相擁抱的鬆懈時刻裡，內心各自瀰漫著幸福感覺，此時心中唯一念頭即是攜手共赴黃泉，一了百了。其實並非只有華格納才能創造此種音樂，在《布頓柏魯克世家》裡，小漢諾也一樣創造了接近此種愛與死主題音樂的東西，只不過他自己並不理解其中奧妙罷了。

《特利斯坦》這齣滑稽劇並不是曼唯一入侵華格納領域的例子，一九〇五年，他寫了一篇短篇小說，可能很少人讀過，叫做〈混雜之血〉（Blood of Wälsungs），這篇作品早年曾收入曼限量印製的豪華版短篇合集中，但從未收入他後來所出版的短篇全集裡頭（譯按：英國的Everyman's Library於二〇〇一年最新出版的湯瑪斯・曼短篇全集英譯本裡頭已經收入了這篇），據說理由是因爲這篇作品具有反猶太精神——內容描寫一對十九歲雙胞胎兄妹齊格蒙（Sigmund）和齊格琳德（Sieglinde）的亂倫故事，他們出生於柏林地區一個富裕的猶太家庭——這層事實特別是一九三三年（希特勒上台）之後令曼感到非常困擾，所以不願意讓這篇作品廣泛流傳。故事描寫雙胞胎妹妹和一個無趣的非猶太人訂婚之後，才發現她愛她的雙胞胎哥哥多於愛這位未婚夫。她和哥哥有一次去聆賞華格納的歌劇《女武神》（*Die Walküre*），這齣歌劇終於把他們之間的曖昧關係喚醒了起來：他們之間的亂倫愛情。之後他們回到家庭，在齊克蒙的豪華臥室裡，在一張熊皮的氈子上，依照歌劇情節演出他們的亂倫情節。我們常說藝術模仿人生，曼在這裡所做的，則是人生模仿藝術。

曼早年在政治思想上傾向於保守主義和民族主義，他這個時期的作品不免會將這種思想和色情主義及形上思維互相結合在一起，他稱之爲哲學行動。他堅持認爲，只有德國人才會寫出像《布頓柏魯克世家》這樣的小說，在《一位非政治人物的觀察》一書中，他不遺餘力大肆宣揚愛國主義，以至於和他哥哥海因利希・曼所宣揚的世界主義發生衝突，他甚至還用修辭學的口吻這樣問道：「一個人可能不是德國人而竟能夠成爲哲學家嗎？」做德國人的意思就是必須要有深度，並且要摒棄盛行於當代法國和英國的那種膚淺瑣碎的理性主義，至於標榜理性的西方啓蒙運動一樣不足取。在年輕時代的湯瑪斯・曼及一般德國人眼中看來，所謂哲學家只不過是一群在咖啡館裡賣弄小聰明且毫無傳統觀念的不負責任傢伙，這些人認爲散文優於詩歌，心中不時充滿天眞和冒瀆神聖的想法，他們簡直把異端邪說看成是人類完整性的表露。曼在年輕時代會帶著這樣嚴肅憤懣的觀點去看世界，我們便不難理解他對人生的看法會是什麼樣子：認定人生的目標——不管是結局還是目的——就是死亡。

對湯瑪斯·曼而言，這些可都是屬於個人的和純理論的思索結果，在那些年之間，他經常會想到死亡，當然也包括自己個人的死亡。一九〇一年的年初，他向他的哥哥海因利希透露自己想自殺的想法，他和哥哥之間的關係，多年來始終都是處在愛恨交織的緊張狀態，他對他說出「想要以全然嚴肅態度擬好的計劃來處理可怕的情緒沮喪問題」，對他來講，這可眞是一段難捱的時光，《布頓柏魯克世家》正等著要出版上市，他正在和他的出版商費雪（Samuel Fisher）研究要不要大幅度刪除書中一些篇幅，他勉強裝出輕鬆愉快的姿態去面對自己的焦躁處境，他跟哥哥說明這本小說的眞正題旨：「形上學、音樂以及青少年的色情主義。」

這是對這本小說極剴切中肯的說法，這三個主義都不約而同出現在小說之中，但顯而易見的是，曼這位崇尚華格納精神的愛好吟詠死亡的吟遊詩人，對自己所處理的這個重大主題，感到相當滿意，他那描寫邁向滅絕之光榮道路的突出筆調，可以說是德國小說中少見的令人嘆賞不已的迷人篇幅，較之福樓拜筆下所描繪的愛瑪如何邁向死亡的篇章，論出色程度，可說是有過之而無不及，比起狄更斯小說中充滿道德意味且既莊嚴又崇高的死亡場景，一樣絲毫不見遜色。小說中主角湯瑪斯・布頓柏魯克是個令人敬仰的參議員和商人，在故事發展過程中竟逐漸喪失做生意的幹勁，然後以一種不健康的方式開始思索生命本質的問題，特別是他自己的生命問題——這是全書中令人讀來忍不住會發出感嘆的精采篇幅之一。他牙齒有毛病去看牙醫，經過一番折騰之後，獨自一人慢慢走回家，就在半路上，他突然感到身子劇痛而倒了下來，他們發現他的時候，他正趴在地上，頭還埋在垃圾堆裡頭，身上衣服沾滿了灰泥和雪水，幾天後他死了。

湯瑪斯的獨生子漢諾成了這一家族的最後一線希望，但看來也不太樂觀，他生性敏感軟弱，根本不適於從事商業，同時又有藝術家天性的傾向，他喜歡彈奏鋼琴——不過曼爲了避免感傷濫情的嫌疑，必須強調他在這方面的才能只是普通而已。小說接近尾聲部份，曼花費許多篇幅詳細刻劃漢諾典型的一天中的學校生活（很眞實，卻又嫌累贅嚕嗦），然後，回到家之後——他已經十五歲，曼突然以一種不同的冷靜筆調另闢新的一章：「他患了傷寒，故事繼續進行著。」在兩頁的醫藥描寫之後，我們知道曼正在把漢諾慢慢推向死亡的道路。

在描寫次要情節方面，曼一樣會鉅細靡遺猛烈鋪述個不停，比如小說中有一段情節描寫湯瑪斯和他的弟弟克利斯安・布頓柏魯克（Christian Buddenbrook）一起吃晚飯，進行一場冗長乏味的談話，弟弟以一種自憐自艾和乖戾好笑的語氣不停抱怨自己身體的各種病狀。我們不能批判曼這樣做是假文雅的表現，比較當時其他一些所謂貨眞價實的寫實主義者，曼的寫實風格也算得上是很實在的，不過有一樣基本主題他並未眞正觸到，或頂多只是間接觸到，那就是色情的愛。

曼在這方面的保守風格更爲接近狄更斯，卻比不上福樓拜，幾乎和一般的德國寫實主義作家沒什麼兩樣。德國人接觸寫實主義比較遲，但到了曼於一八九〇年中開始寫作時，他們在寫實主義上的成就已經可以和歐洲其他先進地區互相匹敵了。當時一些思想進步的期刊會經常刊載觸碰社會問題的一些戲劇和小說——社會批評乃是當時易卜生戲劇和左拉小說的一大特色，也是所有寫實主義的一大要素，此時對德國作家而言也都是越來越熟悉的寫作手法，比如劇作家豪普特曼（Gerhart Hauptmann）和小說家方坦納都是著名典型例子，只是當時的觸角尚未眞正觸碰到性愛方面的描寫。福樓拜在《包法利夫人》中大膽描繪女主角的性愛作風，火辣辣描寫她脫光衣服一骨碌投入情人的懷裡，曼就寫不出這類場景。

在《布頓柏魯克世家》一書中有二十五萬字以上的敘述過程裡，除了一些朋友和家庭式的打招呼親吻之外，只描寫到六次的接吻而已，其中除了兩次之外都發生在湯瑪斯的妹妹冬妮身上，她在故事進行過程裡地位越來越重要，甚至還佔上了主導地位。小說開始時她是個八歲大的小女孩，她的母親和奶奶正在教導她教義問答的遊戲，到了小說最後，她早已身為人母，她必須強忍哀傷送走來探望小漢諾病情的親朋好友。冬妮生性和藹熱心，有點假正經，雖說談不上智慧聰明，個性倒算得上相當活潑宜人，她一輩子歷經滄桑，到了小說最後，她似乎已成爲這個家族碩果僅存的人物。

冬妮所承受的四次接吻並未眞正導向快樂結局，第一次接吻發生於她還在初級學校念書，吻她的人是班上一個小男生，這是一個渾身髒兮兮的不討人喜歡的小鬼頭，他用偷襲方式吻她以示求愛，冬妮感到煩死了。接下來的一次發生在她的少女時代，一次戀愛結晶所帶來的親吻，甜蜜極了。這是一次意料之外的和自然而然且是令人難忘的短暫戀愛插曲，也是整體《布頓柏魯克世家》這本小說唯一一次浪漫愛情的描寫。事情的起頭是這樣的，有一位來自漢堡的商人，名字叫做格倫利希（Bendix Grünlich），這個人過去和冬妮的父親有些生意上的往來，衣冠楚楚，雖喜歡奉承巴結，卻頗能博得冬妮父親的好感，冬妮反而很討厭他。有一天，他竟向冬妮求婚，冬妮死都不肯答應，但父母卻默許這樁婚姻，爲了讓冬妮散心，就把她送去海邊一位朋友家裡住一陣，那位朋友的兒子莫頓（Morten）是個帥氣而有理想主義傾向的大學醫科學生，他和冬妮一見鍾情，互吐衷曲，可嘆他們家世不合，這位大學生想成爲冬妮的丈夫幾乎是不可能的。

有一天，他們坐在海灘上談心，她對他表達自己的感情，他希望她能好好保留這份感情，最好不要去理會那個叫做格倫利希的傢伙，他會永遠等她，「她沒有回答他，甚至看都不看他一下：只是把上半身向他稍稍傾了過去，很溫柔的樣子，莫頓笨拙而緩慢地吻上她的嘴，然後兩人望向遠方沙灘上，害羞得不得了。」自此以後她再也沒見過莫頓，在往後的歲月裡，她偶爾會在談話中提到他，也不過是經歷了兩次失敗的婚姻之餘聊備一格的點綴罷了。

第三次接吻來自那位她不想嫁的格倫利希先生，她的父親打著如意算盤，希望冬妮和這位商界朋友成親之後能夠對家族的企業有所助益，「不要任何不必要的儀式！不要什麼社交禮儀！也不要任何拙劣的表面功夫！只要當著她的父母面前在她額頭上愼重親一下就可以，這就是訂親儀式。」不幸的是，格倫利希先生後來非但沒有爲冬妮娘家帶來任何助益，還幾乎要把他們拖垮，原來他當初娶冬妮正是爲了她那豐富的嫁粧，後來事實證明了他根本就是個騙子。第四個吻對冬妮而言，根本就沒什麼魅力，她和格倫利希離婚之後又再婚，對象是一位叫做貝曼尼德（Permaneder）的巴伐利亞地區的人。他並不貪婪——這倒是個安慰，因爲他沒有格倫利希的這種缺點——可是卻像許多中產階級的丈夫一樣，並不安守本分。有一次冬妮當場撞見他和家中女僕的不當越軌行爲，當下二話不說就忿然離去，什麼藉口和解釋連聽都不想聽，第二次婚姻就此結束。

另外兩次接吻呢？湯瑪斯・布頓柏魯克把這兩個吻施捨在一家不起眼的小花店裡面，吻在一個「很美麗的」，有著外國容貌的賣花女嘴巴上面，她叫做安娜，當他的女友已經有一段時間了。他和她告別：爲了將來能夠接掌家族的事業，父親正準備送他去阿姆斯特丹一位朋友的公司裡見習。這可能意謂他們愛情的終結，安娜很想嫁他，但這幾乎不可能，因爲家世差距太大，他必須尋到一個門當戶對的對象，再過幾天他就要走了，他吻了她兩次，他很不想走，可卻又推卸不掉布頓柏魯克家族堆在他身上的重責。「聽著，」他跟她說，「我實在是身不由己。」看來他在年輕時代就已深刻感受到家庭責任對他的壓力和束縛。

當然，上述這些接吻場景並不特別代表什麼意義，其他許多性愛活動可能都是在背景地方暗中進行，至少在表面上一切必須在體統分寸內進行。冬妮的女兒艾莉卡（Erika）和魏森克（Hugo Weischenk）訂婚時，在布頓柏魯克世家餐桌上，當著大家的面稍稍有一點親暱行爲表現，便立即招徠家人的非議，大家覺得他們這樣做很不得體，曼這樣描寫並非故作姿態，他希望讀者能夠認同他。

II

曼的這種謹愼保守風格並非出於膽怯，而實在是出於他所設計的一個要素。在布頓柏魯克世家的世界裡，任何熱情的愛戀行爲都必須適度加以節制，甚至有時還必須犧牲自己以成就大體，因此冬妮必須離開莫頓，湯瑪斯不得不放棄安娜。老約翰·布頓柏魯克必須表示出對自己妻子的熱愛：「她曾帶給我生命中最快樂幸福的歲月。」他的這位妻子後來死於難產，他的第二次婚姻一樣奠立在理性和稱意的商業交易基礎上面，然後他自己兒子的婚姻一樣必須遵循此一相同模式。「他對自己的婚姻大事必須誠實以待，」曼這樣寫道，「即使這樣的婚姻並非出於以愛情爲基礎。他的父親曾拍著他的肩膀，要他留意那位萬貫家財的克魯格先生的女兒，她會給公司帶來一筆很漂亮的嫁粧。他衷心同意父親的提議並娶了那位女孩，他從此把她看成是上蒼恩賜給他的美滿伴侶而對她尊敬有加。」夫妻從此和樂生活在一起，至少表面看去是如此。

父親對尋找對象的盤算方式一代一代傳下來，年輕一代的約翰·布頓柏魯克很自然會用同樣的方式爲他的女兒冬妮物色結婚對象，藉此證明他和她母親由此一方式所組成的婚姻是眞正幸福的。曼此時並未忘記提醒讀者冬妮的對象格倫利希是個什麼樣的人——格倫利希（Grünlich）這個名字的字義是綠色的意思，他是一個不討人喜歡的年輕人，虛假做作，擅於屈膝逢迎，同時很懂得掩飾自己的缺點，並在必要時展現自己不屈不撓的堅忍功夫。他看來很像狄更斯在《荒涼屋》裡筆下所嘲弄的虛偽教士角色。約翰・布頓柏魯克在經過一番仔細打聽調查之後，認定格倫利希的確是一位可靠有為的年輕商人，便迫不及待要把女兒趕快嫁給他。他也許覺得自己的做法有些專制，或是有自欺欺人之嫌，便轉向妻子徵詢意見，以便證明自己的決定萬無一失，「你應會了解，」他告訴她說，「我迫不及待想要促成這樁婚事，這會給家族和公司帶來極大的利益。」他甚至還去調查格倫利希的銀行往來狀況，得知情況甚佳而覺無比滿意。此時布頓柏魯克家族的生意正處於瓶頸狀況，冬妮能夠適時覓得此等夫婿，眞是再恰當不過了。「我們的女兒很適合這門親事，她會帶給我們『體面』（partie）。」——這個法文字說明一個能展現女方嫁粧或是男方家財的匹配婚姻，其他別的都不重要。

約翰・布頓柏魯克用以說服女兒答應這門親事的有力武器就是家庭榮耀，而這正是冬妮自己一向引以爲傲的東西。父親告訴女兒說，她是一個鏈條的串連部份，她負有維繫家庭榮耀的神聖責任。冬妮還很年輕，雖說未經人事（對性更是一無所知），卻比她父母更能看穿格倫利希這個人，但他們告訴她別被自己的情感所矇騙：她太年輕，缺乏人生經驗，她不了解自己的意向是什麼——這倒說明了父母多麼不理解女兒個人的內在情感。母親以自己的經驗爲例，力勸女兒不要太過鄙夷她的求婚者：隨著時間久了之後，就會對他產生感情，她說：「我跟你保證。」然而，冬妮的父母實在大可不必等拿布頓柏魯克家族的意識形態來告誡她，她向來就很明白這個的。

冬妮向家族的教條屈服，這倒反而幫助了她解除曾經對莫頓有關愛的承諾，不錯，她當時的誓言是極誠摯的，只不過家庭的壓力勝過一切，她的承諾只得任其慢慢消逝。在冬妮心中想來，她對布頓柏魯克家族教條的愛和對父親的愛已經混合在一起，在一場盛大婚禮之後，新婚夫妻乘坐馬車準備前往度蜜月，「她忍不住再一次深情抱住父親，」曼這樣寫道，「『再見，爸爸，我的好爸爸！』然後她對他輕聲細語的說：『你對我滿意嗎？』」他很滿意，他沒有理由不滿意。

布頓柏魯克家族處心積慮在尋求「體面」，可以說是他們在生活上一個必不可缺的要素，他們把家族和公司緊密連結在一起，冬妮必須永遠信守這個信條去生活。後來格倫利希流露出眞實面目之後，那麼的不誠實和不可愛——這時讀者忍不住要懷疑約翰・布頓柏魯克先前調查他不知道調查到哪裡去了，冬妮的父親前來帶她回家，並當機立斷解除了這場婚姻關係。回到家之後，父親不斷自責曾經逼迫她嫁給一個錯誤的對象，並堅持不肯拉正瀕臨破產邊緣的格倫利希一把，決定讓他去自生自滅。在冬妮這邊，她不但沒有責備父親，反而更加愛他。冬妮在結婚之前，曼寫道，對父親的感覺是「膽怯的尊敬多於溫情」，但是現在重獲自由之後，她爲他感到驕傲，深深爲他對她的掛懷所感動，父親也以「更加倍的愛」回報她，現在，冬妮最迫切需要的是親情的呵護，而不是爲過去鑄下的錯誤悔恨懊惱。

冬妮的哥哥湯瑪斯的婚姻從表面看和冬妮的非常不同，但實質上還是一樣離不開背後奠立在商業利益上的動機。湯瑪斯在阿姆斯特丹實習時認識蓋爾達・阿諾遜（Gerda Arnoldsen），兩人一見如故，立即跌入愛河，湯瑪斯當時馬上認定「就是她，不是別人」，彷彿一場浪漫的愛情就要爆發。但是對湯瑪斯而言，要談戀愛好像非得詢問旁邊許多人的意見不可，他寫信告訴母親他已找到最合適的理想結婚對象，並同時保證絕不會有失「體面」的要求，因爲蓋爾達的父親家財萬貫。這時他連自己都搞不清楚，他想和對方結婚，到底是眞的愛她，還是貪戀她家裡的財產。他在給母親的信中承認自己眞的已經很熱烈在愛她，「只不過無法確定到底陪嫁的嫁粧會有多少，我倒不好意思一開始就跟人家打聽這方面的問題」。他很確定自己很愛蓋爾達，但更確定如果娶了她，家族的財產必定會立即增加不少。這時候，讀者們會忍不住感覺到，他先前和花店的賣花女安娜的愛情反而顯得比較單純可愛些。

湯瑪斯和蓋爾達一旦結婚之後，他們之間的愛情反而變成冷淡，甚至有點緊張，從表面上看，他們之間的和諧似乎是建立在某種心照不宣的相互容忍之基礎上，這恰好爲蓋爾達提供了一個可以保有自由和保持沉默的空間。這看來倒有點奇怪：蓋爾達的外貌，一如曼所細心刻劃的，應該可以期盼得到一種更爲熱情的結合才對。她長得細瘦高䠷，看起來很性感，紅色頭髮（一般認爲這是一種具有挑逗的象徵），一口潔白閃亮的牙齒和一個極性感的嘴巴，整體看來，說得上是一個「優雅的、怪異的、迷人的且又神祕的美人」。她雖然出身於北方，在外貌上又多少流露著一種異國風味，很像曾被湯瑪斯在家鄉所拋棄的安娜。蓋爾達的眼睛光潔明亮，閉起來的時候，眼睛四周會形成一股漂亮的藍色陰影，彷彿暗示著某種黑色的祕密或是不知名的威脅。以曼的表現風格來看，這股藍色陰影會成爲遺傳給未來兒子的特徵。《布頓柏魯克世家》一書中到處都是「中心主題」的展現，其中蓋爾達的和漢諾的帶有陰影的眼睛，所暗示的可會是一種不吉利的徵兆，同時也強調了這本小說的重要主題，亦即小說的副標題——「一個家族的衰落」（*Verfall einer Familie*）——貫穿全書之中。

鎭上許多人曾爲這場婚姻感到迷惑，但大家仍不得不承認，這是一場基於愛情而結合的婚姻，但這樣的看法卻不免顯得膚淺。曼寫道：「關於愛情，人們透過愛所了解到的愛情，大家會發現，這樣的愛情很少存在於他們之間。從一開始，我們只會注意到存在於他們之間的，與其說是愛情，倒不如說是禮節，兩人之間的關係維繫著一種互相尊敬的禮節，這在夫妻之間很不尋常」，倒未必是疏離的跡象，而是「一種奇特的、沉靜而深邃的相互親密關係」。一開始的時候，這種說法也許正確，但是幾年過後，這對夫妻選擇分房睡覺而正式宣告這種沉靜無言的親密關係之終結。批評家的職責也許不應該在這些瑣事上面去批評一個作者的寫法，但一個寫實主義者也不應該破壞事情可信度的法則，看著這一對不可理喻的夫妻，我們忍不住想知道，蓋爾達是怎樣在看待她的丈夫的。

蓋爾達可以說是整本《布頓柏魯克世家》所創造的人物中最令人感到迷惑的一位，曼總是不肯走入她的內心世界，然後告訴我們她在想什麼，甚至還把她處理成跟別人老是保持著距離，這徒然使得她的個性變得更不可捉摸。她每次都是以間接方式發表意見，和她的丈夫比較起來，她的丈夫的焦慮沮喪如何越來越深，神經質如何越來越重，以及未老先衰的現象如何越來越明顯，曼都會花費許多筆墨去加以描寫鋪敘，蓋爾達則否，她像個有待解析的符碼。當她和家人聚在一塊時，總是靜靜坐在一旁，手上拿著刺繡，閃動著她那爲藍色陰影所圍繞的美麗雙眸，注視著在聊天或爭吵的家人，從來一語不發。她唯一發過一句比較長的評論，那就是批評她丈夫對音樂的無知，她語帶諷刺地說：「湯瑪斯，我要不客氣指出來，你對音樂這門藝術，實在一點都不了解。」然後是一篇溫和的長篇大論，極力駁斥丈夫在音樂方面的不當觀點。

蓋爾達非常熱愛音樂，而且在這方面也非常專業，也許正是由於此一理由，使得她對唯一兒子漢諾特別愛護。另一方面，她和自己的父親也很親近，這是她生命中另一個重要的男人，他們會那麼親近的理由很簡單：她很喜歡和他一起演奏小提琴二重奏。也許因爲她和父親太過親近的關係，所以年紀拖到二十七歲還未出嫁，直到那年碰到了湯瑪斯，看對眼了，才終於離開父親下嫁給湯瑪斯。她和湯瑪斯一起過了十八年的婚姻生活之後，有一天竟和一位名叫馮・特洛達（Von Throta）的年輕軍官開始幽會起來，湯瑪斯對這件事情簡直是醋意叢生，煩都煩透了。她和年輕軍官會爆發出情意繼而頻頻幽會，那是因爲他們都極喜愛音樂，音樂把他們拉攏在一起。她的丈夫始終無法肯定音樂的價值，頂多把音樂看成消遣娛樂，這使得她不得不把他從自己最深層的感性世界中驅逐出去。

湯瑪斯這位對手，如曼對他的描繪，絕非泛泛等閒之輩，他會彈鋼琴和拉小提琴、中提琴及大提琴，也會吹長笛，而且是「樣樣精通」。每當這位令人畏懼的賓客到訪時——他總會謹慎避開和湯瑪斯打照面，湯瑪斯只能無助地坐在房裡，靜靜聆聽「樓上客廳裡揚起陣陣悅耳的旋律，夾雜著歌聲、哀嘆聲和愉悅的聲音，澎湃洶湧著，好像雙臂的張開和合攏，在一陣瘋狂而模糊的狂喜之後，聲音漸漸微弱下來，埋入了夜晚的寂靜當中」，這可真糟，但更糟的是，湯瑪斯更必須忍受那繼之而來的寂靜，樓上「一陣漫長的寂靜」，完全的沉默，沒有腳步聲，「湯瑪斯坐著一動不動，因為太過於驚恐，以致有時忍不住會發出輕微的哀嘆」，樓上那兩位音樂的狂熱份子是否正在暗通款曲？曼比誰都清楚，只是他沒有寫出來而已。

我們知道，十九世紀中產階級的文化活動中，音樂佔據著一個相當重要的地位，許多人不僅喜愛聽音樂，甚至會努力去實際練習音樂，充分表現出對音樂的熱愛。當時一些出版商為投一般大眾所好，會出版許多各式各樣不同的樂譜，包括很受歡迎的為兩人或四人合奏的鋼琴樂譜，還有序曲或抒情曲之類，或甚至交響曲等等。一些有才華的業餘音樂家除了爲家庭娛樂而演奏之外，有時也會走入公衆的演奏場所表演他們精湛的技藝。在那個時代裡，鋼琴、小提琴和歌聲等，在許多中產階級家庭裡，經常正是歡樂和文明教化的泉源。有很多時候，許多適婚的少女會從這些場合中尋覓到自己所屬意的郎君，而一個未婚的年輕男士，只要他擁有一副迷人的歌喉或是動聽的大提琴演奏水平，他不但會在中產階級家庭大受歡迎，甚至還會成爲婚姻選擇的熱門對象，儘管他們心裡未必有這個打算。湯瑪斯・曼本身即是個極出色的小提琴手，我們從他的短篇小說或是一些論文可以看出，音樂的重要性對他而言，就像宗教對信徒而言一樣。在《布頓柏魯克世家》這本小說之中，音樂更是扮演著絕頂重要的地位，甚至像是個愛神的代理人，帶著一種譴責的姿態，以及令人振奮、淫蕩和令人難堪的方式闖入世俗的中產階級活動之中。小說最後，蓋爾達在丈夫和兒子相繼死去之後，黯然回到家鄉阿姆斯特丹和父親再度重拾一起演奏小提琴二重奏的樂趣。

在《布頓柏魯克世家》一書中的接吻未必有什麼色情意味，但曼在小說中處理音樂的方式，本質上而言則會令人感覺到這是一本極度色情的小說。音樂根植於人類性愛行爲的觀念，最早可見諸於柏拉圖的對話錄《會飲篇》（*Symposium*）之中，曼在他的這本第一個長篇作品中將此觀念發揚光大，把性亢奮的高潮時刻帶進書中，那就是漢諾在演奏鋼琴的時候，他以一種羞怯的方式品嘗著從音樂流露出來的性愛的快感，那是他八歲生日的時候，雖然他練習鋼琴的耐心很有限，進步也很緩慢，但是他喜歡自己譜出可以延長並加強快感的音樂，他望著鍵盤，幻想著即興譜出一些小曲子，其中有一首的尾音非常違反一般正規的彈法，他那位溫和而保守的鋼琴老師要求他修改，他卻執意不肯。

在生日的場合裡，他要在全家人面前演奏自己的得意創作，他因爲太過興奮而臉色發白。「現在進行到尾聲的部份了，這是漢諾最喜歡的尾聲部份，這時他用一種原始的上升方法把全曲引向了最高峰。E小調和弦用柔軟而純粹的力度宛如銀鈴般清脆地震動著，」他的母親在一旁用小提琴爲他伴奏著，「接著這樂音增強了，擴展開來，慢慢地往外膨脹著，漢諾這時引進那不協調的C調高音，帶回到起頭時的基調上來。當小提琴聲音又響亮又流暢地環繞著這C調高音鳴奏著的時候，他又用盡一切力量把此一不協調音樂的強度提高，一直到最強的力度。」

演奏到這裡時，漢諾並不肯就此結束，「他遲遲不肯把此一不協調樂音結束掉，他要和聽衆好好持續聆賞這個段落。這到底是什麼東西呢？是B大調的令人神魂顛倒的融解嗎？這是一種無可比擬的至高幸福，是一種甜美無比的至大喜悅，是和平！是極樂！是天國！……還不要結束……還不要結束！還要再延長一下，再延長一會兒，讓緊張再持續一下，要讓這種緊張持續到不能忍受的地步，然後把快感拉到最高的程度……再品嘗一下這最後一刻的壓力和渴望，讓意志再克制一分鐘，不要馬上就給予滿足和傾瀉出來，因爲漢諾知道：幸福是稍縱即逝的。」背負著這等早熟的智慧，才八歲大的漢諾已經懂得如何藉機會釋放自己，「漢諾的上半身慢慢舒展開來，雙眼瞪得很大，他那緊閉的雙唇顫抖著，然後顫動著身體深深吸了一口氣……最後，至福的感覺再也不能延宕了，終於來了，降臨在他身上，他再也無法抗拒了。他的肌肉鬆弛下來，由於筋疲力竭和暈眩，他把頭垂了下來，兩眼緊閉，嘴角微微泛出一絲哀傷的，幾乎是無法形容的由於狂喜所帶來的憂鬱笑容。」曼繼續描寫，小提琴爲小男孩從頭到尾不停伴奏，母子兩人的雙重奏一直到高潮點才完全停了下來，這時候，小男孩已然完全沉浸至高幸福狀態，總算進入了和母親最接近的狀況，而這是他的父親從來做不到的。③

對一個八歲大的小孩而言，這樣的色情經驗未免顯得太早熟了些。然而，不管是否出於過度的謹慎，抑或是出於個人獨自還是出於和夥伴一起進行的滿足之尋求，這裡所描述的毋寧是一種取決於技術之運用，藉以延宕的性愛消耗行爲。就曼的寫作技巧而言，此種描寫方式不妨看成是一種「中心主題」的運用，他在一生的寫作生涯之中，可說相當醉心於此種方法的運用，特別是在晚期小說裡，他會經常著重在性愛主題上面的表現。上述漢諾八歲生日的演奏會之後七年，亦即他十五歲那年，曼特別花費許多筆墨描寫他在學校中典型漫長一天的學習生活之後，繼而描寫他回到家裡之後如何體驗「狂歡」（orgy）的經驗——曼正是使用這樣一個字眼，他再度即興彈奏鋼琴，但這次沒有母親爲他伴奏。他探索著自己設計的一個主題，就像他先前那次的創作一樣，這個主題簡單而狂放不拘，他再度陷入矛盾的想延長高潮快感的情緒之中，曼這樣寫道：「他的演奏是一種慾望的沉溺。」主題以一種「不協調的樂音」奔騰著，不斷上升和下降來回反覆，然後一直努力往前奔向「不可言喻的終局，這個終局必定要來臨，現在來臨，就在此刻，在這懾人的高潮時刻，痛苦的壓抑已忍無可忍，渴望的顫動再也不能繼續延宕，就要爆發了，好比帷幕被戳破，大門被撞開，荊棘張開，火牆席捲而來。」之後是一陣極喜悅的終結和完成。最後漢諾又再度聽到第一個主題響起，形成一種狂歡式的樂音，混合著粗魯和莊嚴，同時之間，某種苦行的和宗教的東西，夾帶著乖戾的不滿緩緩出現，直到他從音樂中吸吮了最後的蜜汁，變成過飽、厭煩，甚至厭惡。他靜靜地坐在鋼琴前，下巴垂在胸前，雙手放在膝蓋上。再來是吃晚飯，飯後和母親下了一局棋，不分勝負。之後他回到自己的房間去獨自享受那種和諧的感受，直到午夜。經過一整天的折騰之後，第二天漢諾染上了傷寒。

在讀到這一段感官的音樂騷動之時，我們會想奧芬巴哈的《霍夫曼故事》裡的安東妮亞，她也是讓魔鬼把她誘向發狂的地步，走向一段自殺式的音樂演奏，她心裡很清楚，她是在自取滅亡。但曼在此翻轉了這個故事：漢諾注定要死，他用自己的音樂才能來折磨自己，他對音樂的著迷可以說是他和先祖們中產階級世界隔閡疏離的徵候，這是無可避免非得衰落以至滅亡不可的跡象。

III

愛神以死亡姿態委婉進入《布頓柏魯克世家》的故事之中，除前述方式之外，它還使用另一非正規方式，忽隱乍現和膽怯的姿態，但絕不失誤。這整個過程由於並不明確，看來像是意外發生，所以不太會引人注意。像湯瑪斯・曼這樣一個自覺性那麼強的風格家，他絕不會無端把筆墨浪費在毫無作用的細節上面。漢諾染上傷寒之後，躺在病床上奄奄待斃，命在旦夕，這時小說已經接近尾聲了。他已認不得任何人，直到他在學校最要好的同學凱伊（Kai）出現在他床前。凱伊和漢諾一樣，都不喜歡上學，他們之間的感情特別要好，以致形成和別的同學格格不入的小團體。當凱伊出現在他床前並輕聲呼喚他的名字時，他聽到對方的聲音，微笑了一下，他知道來看他的人是誰，隨後凱伊不停吻著他這位垂死朋友的雙手。在小說的最後一章要結束之前，布頓柏魯克的女人們談到漢諾和他的病，也談到這怪異而感人的一幕，這一幕引得大家沉思了好一會兒。

曼並未進一步透露她們所沉思的內容是什麼，但這一段小插曲卻值得我們注意。曼自己的父親曾經是留培克地區的參議員和穀物商人，他死於《布頓柏魯克世家》出版之前的十年，當時曼才十六歲，父親死後，母親帶著他們兄弟姊妹遷往慕尼黑。曼的父親死前在遺囑裡交代他死後要把公司解散，因為他早已看出大兒子海因利希和二兒子湯瑪斯將不會是有任何作為的商業人才。多年後，湯瑪斯．曼每談到這件事情總會深覺愧疚，讓人覺得他並沒有成為一個好兒子，繼承家業去做商人，反而獻身文學事業去成為一個作家。

這裡頭大有玄機，曼多少不太感覺得到，他始終都是以留培克的貴族自居，但他對父親所產生的愧疚感不單只是他不能繼承家業而已，背後還隱藏著另一層事實：他一直爲他自己的同性戀傾向折磨著，一九〇一年《布頓柏魯克世家》預備出版之際，他在給哥哥海因利希的一封信中曾把這本小說定義爲是音樂、形上學及青少年色情主義的綜合，同時又對哥哥透露，他此刻同時正爲「一樁心靈的喜悅所煎熬著」。這樁心靈的喜悅和當時的畫家愛倫堡（Paul Ehrenberg）有關，但他跟哥哥強調說：「這絕不是一則愛的故事，至少絕不是一般人所認定的那種意義，這只是友誼而已——哦，眞難想像！一種互相理解和互相敬愛的高貴友誼。」

愛倫堡並不是曼最早的愛戀對象，一九三一年他曾回顧說，他中學時期的同學馬頓斯（Armin Martens）才是他眞正的「初戀」。那是一八八九年的事情，曼當時十四歲，「我生命中從未有過，那麼溫柔，且是那麼幸福和那麼痛苦交織在一起的感覺。」一九五五年，曼去世那年，他對一位朋友談起自己少年求學時代一樁祕密時如此坦誠說道，「這聽來有些荒謬，但我始終無法忘記這段珍貴的純潔感情。」在《布頓柏魯克世家》一書中，他把馬頓斯（Martens）改為莫頓（Morten），化身成年輕的大學醫科學生，也就是書中女主角冬妮的初戀情人。

早在曼的青少年時代，當他發現自己的「異常傾向」之時，那時候的同性戀愛情，如王爾德（Oscor Wilde）的戀人對象道格拉斯子爵（Lord Alfred Douglas）口中所說的，是一種絕對不可告人的愛情。在曼一輩子之中，同性戀從未眞正受到肯定和認同，即使在一些前衛藝術家圈子裡亦然，只是他們的自由程度比一般中產階級要稍微大些而已。當時法國作家紀德（André Gide）敢於公開宣露自己這方面的「傾向」，算是少見的例外。大約一九〇〇年左右，曼有時會跟一些最親密的朋友透露自己的傾向，但也僅止於如此而已，他似還不敢有所實際行動，把自己這方面的感情壓抑了下來，他不得不宣稱，所有的性愛都是可憎的，他說，一個嚴肅的文學家應該避免去觸碰性愛。

然而，他對男人的感情雖然有所壓抑，卻又未必盡然，他還是會忍不住經常蠢蠢欲動，他身上的女性認同（暫時借用心理學上的術語）會入侵他的男性認同而取得主掌地位。第一次世界大戰期間，他對同性戀的渴望經常發作，之後也會偶爾有發作的記錄——有一陣子他發現他的大兒子克勞斯・曼（Klaus Mann）越長越帥，他在日記中坦承，自己竟也忍不住愛上了他。甚至在一九五〇年，他已七十五歲，有一次在瑞士的蘇黎世一家旅館裡，竟迷上一位長得很帥的服務生，每天都渴望想去看他，那位帥哥名叫法蘭澤（Franzl），有好幾個月時間，他的日記幾乎每天都在寫他。

另一方面，如果說曼不喜愛女人，這恐怕又不是事實。他頗能欣賞美麗的女性，特別是有腦筋的那一種，他的太太卡蒂雅・普林斯海姆（Katja Pringsheim）即是一位這樣的女性，既漂亮又聰明，他還經過一番長期的追求才獲得對方的芳心，他們於一九〇五年結婚，婚後生了六個兒女，婚姻生活算得上幸福圓滿，只是曼在日記中透露，他對太太的感情始終都很冷淡，只能用相敬如賓來形容。卡蒂雅的父親是百萬富翁，但並不影響他對她的感情態度。他和自己筆下的湯瑪斯・布頓柏魯克一樣，很懂得如何挑選最好的女人結婚，他認爲卡蒂雅正是他這輩子最想要的女人。他在日記中也同時透露，卡蒂雅頗能忍受他在床上的蹩腳演出以及一些複雜的同性間色情故事，除此之外，他們之間的關係大體上而言還算是相當性感的。

不管他對性的要求如何，他大抵皆能控制得當。早年他嘗試以實驗性手法寫一些短篇小說和詩，一八九七年二十二歲時以短篇小說《小弗利德曼先生》（*Der Kleine Herr Friedemann*）引起大家的矚目。「這是一大突破。」他如此稱呼這篇作品，這篇小說的成功帶給他極大信心，感覺在文字掌握或情節和人物的處理上更加得心應手。「有一陣子，」同那一年他寫信給好朋友葛勞托夫（Otto Grautoff）這麼說，「我感覺到已經打開了通路，好像已經尋得自由表達自己的方法和媒介，可以全然活得自由自在。雖然我必須靠寫日記來釋放自己的隱私，我現在發現可以靠小說形式，好像戴面具一般，對群眾抒發我心中的愛、恨、同情、輕蔑、驕傲、責備以及控訴等等。」——他可以再加上一樣，「還有我的性慾。」藉著戴上這副面具，他可以因此自由自在抒發或喬裝他的同性戀情感。

有時候，他抒發和喬裝這類情感的方式會巧妙到令人察覺不出來，一九一九年，他出版《一位非政治人物的觀察》之後一年，在日記中記載說道，這本談論文化和政治的書，毫無疑問也是他表達「自己性倒錯的紀錄」。曼的小說讀者會注意到，他喜歡在小說中表達青少年的同性戀情感，只不過都沒有結果而已，比如東尼歐・克魯格（Tonio Kiöger）對漢斯・韓森（Hans Hansen），還有《魔山》裡頭的漢斯・卡斯托普對普利斯拉夫・希普，還有曼最著名的中篇傑作《魂斷威尼斯》裡頭的男主角艾森巴哈對美少年達秋的迷戀，以至染上霍亂倒地而死。其實，在《布頓柏魯克世家》的結尾地方，凱伊不停吻著他那垂死朋友漢諾的雙手，說來正是曼早年在這方面不安良心的細膩傾訴。

我們對曼在性方面的矛盾情結稍做研究之後，有助於了解他爲什麼會對他那顯赫的家族歷史表示敵意的姿態，這裡頭牽涉到心理學的、文學的和對社會的需要及不滿之混雜要素。在《布頓柏魯克世家》一書中，這些混雜要素表現在書中兩兄弟湯瑪斯和克利斯提安的對立衝突上，兩兄弟的處境有時可看成是現實生活中曼和他的哥哥海因利希的眞實對立情況。不過，這樣的看法對曼的分裂性格的說明又會顯得太直接也太簡單，他們兩兄弟所爭執的問題在層次上比較大也比較高。小說中的克利斯提安在生活上和事業上都一敗塗地，基本上是一個有精神問題的浪子典型，他所結交的朋友都是一群來自貴族或中產階級的浪蕩子，還包養一個不名譽的女人。湯瑪斯的情況也好不到哪裡，他在生活上和事業上雖然都自律很嚴，但他有他的問題，兩兄弟都有各自不同的處理生活的方式。比較他們不同的生活風格，兩兄弟在許多方面都是互不相容的：一個是中產階級市民，另一個是浪蕩的波希米亞。

兩兄弟早已互相水火不容，最後終於爲了母親的遺產問題而爆發嚴重爭執，一發不可收拾，以致最後兩人反目成仇。母親的遺體還停放在隔壁房間，尚未入殮，兩兄弟就爲了分遺產和家當的問題而怒目相視，克利斯提安懷疑哥哥要霸佔母親遺留下來的所有家當而引發一波接一波的爭吵，這當然絕不是只關係到如何分幾支銀湯匙和銀器的問題，還牽涉到的是各自不同的生活方針的問題，一個沒命投入工作，另一個心不在焉投入玩樂。湯姆斯工作認眞，律己甚嚴，但經常會對生活和工作產生厭倦的心理，想從所扮演的社會和家庭角色上退縮下來，拋棄一切，躲到某個角落去過寧靜的安逸生活。他那僵硬的上唇——曼不止一次這樣描寫他的表情——已然顯現極度的失望和疲憊，「我已經變成現在這個樣子的我，」他帶著感傷口吻跟弟弟說，「因為我不願意成為像你那樣，如果我內心曾經想著一直要躲避你，那是因為我必須提防你，因為你的人和你的存在對我是危險的……我說的是實話。」在這場兄弟對決的過程中，湯瑪斯的太太蓋爾達一直在旁邊靜靜觀望著，她的丈夫有想到花店那位賣花女安娜嗎？

曼像奧林匹克運動會的裁判，以極公允冷靜的筆調寫出這對兄弟的爭執過程，我們無法判定他們兩個人誰是誰非，克利斯提安最後貧病交迫死於一家精神病院，但湯瑪斯的下場也好不到哪裡，一樣值得同情，我們看到他在死前幾年活得多麼痛苦，表面上他必須裝出像個精明幹練的商人與快樂和藹的丈夫，藉以掩飾自己內心的深層悲哀，實際上，他心裡多麼瞧不起自己那冷漠的妻子、令人失望的兒子、無聊的商務活動以及毫無意義的社交活動。「他的內心感到無比空虛，他看不出有任何可以激發內心喜悅和滿足的計劃與活動。」這看來似乎也正是許多現代資本家內心生活的寫照，他變得越來越肥胖，晚上爲失眠所苦，經常感到疲乏倦怠，而且老是感到焦躁不安，特別是那位叫馮·特洛達的年輕中尉軍官，沒事就出現在他家中——對每個人這已不是什麼祕密——和自己的老婆糾纏不清，這眞不知道是什麼意思，在地方上好事者眼中看來，如果不是綠帽子已經上身，不知道還會是什麼。

就在他死前不久的某一天，他在無意中終於尋到了一個爲自己解脫重負的機會，曼對這一段的描寫極感得意，並藉此證明《布頓柏魯克世家》優於一般家庭記事小說的理由。湯瑪斯無意中接觸到了一本書，他偶爾漫不經心從書架上拿下一本哲學著作，他想起來，這是他許多年前從一個書商那裡用很低的價錢買來的，這是一本著名的談論形上學體系的書的第二卷。他把書帶到花園裡，坐到一個角落一頁又一頁全神貫注地讀下去，他還不知道他所讀的正是叔本華的哲學名著《觀念和意志的世界》（*The World as Will and Idea*）一書——因爲封面和扉頁不見了。他全然被深深吸引住，他向來不習慣於閱讀哲學著作，對書中觀念性的辯論不甚能夠掌握理解，直到翻到談論死亡那一章，一個字一個字仔細讀下去，他已經多年沒那樣認眞在讀一本書了。

他興奮得全身麻木住了，他帶著愉悅的快感上床，還輕輕抽泣著，他感到突然從這個世俗世界的束縛裡解放了開來，個人、瑣碎的煩惱、嫉妒等這些東西有什麼意義呢？「我爲什麼要對自己的兒子有所期待呢？如何能夠寄望一個個性仍那麼脆弱、那麼膽怯和搖擺不定的小孩呢？……幼稚空泛的愚蠢！我爲什麼需要一個兒子呢？……我死了以後會到哪裡呢？一切看來是那麼的清晰和單純！我要活在所有那些曾經說過，正在說和將要說『我』的人身上：特別是那些更飽滿、更有力、更愉快說出這個字的人身上……」他哭起來，把頭埋在枕頭上哭了起來：「我要活下去！」但是第二天早上醒來，他發現自己又落入了原來生活的窠臼裡去。他很想再回去繼續讀完這本書，因爲它爲他提供了全新的思考生活和死亡的方式，結果他始終未再觸碰那本書，那本書的作者給他塡塞太多東西了。「他的中產階級本能，」曼寫道：「強烈反抗這樣的書，正如他的虛榮心也會排斥這本書一樣：因爲他害怕去扮演一個怪異而荒謬的角色。」湯瑪斯錯失了去改變自己命運的機會。④

Ⅳ

湯瑪斯．曼在寫作《布頓柏魯克世家》之時，正好面臨前衛藝術和傳統生活互相對立的觀念在流行，他認爲當時的藝術——小說、詩、繪畫、音樂以及其他高層次的文化——都是中產階級的死對頭，是「庸俗」（philistine）的同義代名詞，他當時也認爲有必要把這樣的對立情況說明淸楚。他堅稱中產階級在面對這個挑戰時，並不信任任何想要摧毀自己的藝術，簡單講，他們不相信前衛。這樣的藝術是愛的兄弟，兩者都是一般非理性和顚覆的力量，會干擾到中產階級雖然平庸卻是井然有序的舒適生活。

即使早在一九〇一年之際，曼並不認同藝術和唯物主義、熱情和理性以及疏離的波希米亞風格和貴族的堅固堡壘等之間的徹底對立，顯然他心中存在著一種極矛盾的情結，一方面他無法把自己和中產階級的傳統分開，「我是城市人，是個市民，是德國中產階級文化的子孫。」他這樣寫道，他的祖先曾經是紐倫堡地區的工匠，以及「神聖羅馬帝國的商人」。但他同時看出，貴族的市民階層——不屈就的、老式的、非常德國的，和中產階級——有伸縮性的、不墨守成規的、非常法國的，此兩者之間是水火互不相容的。我們知道他很看重他所創造的湯瑪斯・布頓柏魯克這個人物，他認為他像個現代英雄，聽來不可置信，他是一個從市民貴族階層轉型到中產階層的典型代表人物，他賴以使用的媒介就是藝術和其他事物的混合。曼自己也說過，他自己並不想和他的父親及祖父一樣去繼續做商人。

我們不妨看一下曼自己最看重的一個中篇作品《東尼歐・克魯格》（*Tonio Kröger*）這篇小說，他把這篇作品看成是基於和《布頓柏魯克世家》同樣的心靈背景的產物，同時也是他個人最得意的一篇中篇作品：一九三一年，當時曼的重要作品都已相繼出版，包括《魔山》和《魂斷威尼斯》，他稱《布頓柏魯克世家》是「我最受歡迎的作品，而且未來也將會是如此」，他接著補充說：「但是在我的心靈深處，我最看重的還是《東尼歐・克魯格》這篇作品。」這層理由不難理解：這是曼的作品中最具濃厚自傳色彩的一篇小說，也是最能細膩反映高層次文化和中產階級之間關係的一篇作品。東尼歐是一個來自德國北部地區的貴族之子，他因爲愛好文學而前往義大利，然後又來到慕尼黑——剛好都是曼自己親身經歷的寫照。

當他從義大利回到德國之後，竟感覺到自己像個局外人，有一次他和一位好朋友，一位叫做愛娃諾娜（Lisweta Iwanowna）的女畫家，坦誠而廣泛談起自己對生命的熱愛以及想選擇文學爲終身志業而引起的內心不安，因爲他覺得文學不能當飯吃，反而是一種詛咒，從事文學工作只會帶來孤獨和不安全感，同時會喪失一般正常人所擁有的快樂和穩定的感覺。這位畫家針對他的哀嘆這樣坦誠回答：你是個貴族市民，是個迷失的貴族市民。他雖然感覺受到一點點的傷害，卻又無法否定對方的話沒有道理。半年後，他的疑慮未嘗消除，就寫了一封信給女畫家：「我站在兩個世界中間，卻無法適得其所。」他告訴她，他的人生因此陷入了困境，主要的問題在於他是個貴族市民，不管怎樣的迷失，畢竟還是個貴族市民，而且因爲他熱愛「人類、生活以及平凡」，他相信可以成爲一個嚴肅的作家。東尼歐——也就是曼自己——在此似乎在暗示，他可能在兩個對立陣營中尋找到和諧的平衡點。

可是這個和諧的平衡點卻必須等到多年以後才出現——對只熟悉《布頓柏魯克世家》和《東尼歐·克魯格》的讀者而言，曼的這個和諧平衡點來得太晚了，而且這中間還經過第一次世界大戰壓力的威脅，他當時受到愛國主義熱誠的激勵，同時感覺到德國內在的品德和道德水平正受到商業的功利社會所腐蝕，只好退到絕對的和原始的對立姿態：朋友和敵人、軸心和同盟、藝術和庸俗之輩等的對立。他那本出版於一九一八年的《一位非政治人物的觀察》一書，有一部份乃是爲駁斥他那位自由和世界主義的哥哥海因利希的政治觀點而發，他必須等到一九二〇年代初期才開始傾向於認同威瑪共和，當時這個共和在民主政治上的實驗招徠許多反對和憎恨，只有少數的理性人物表示歡迎，曼是其中的一個。

曼在撰寫《布頓柏魯克世家》的時代，主宰他在政治和文化上的觀點的，是一種極端的對立觀念，這令我們聯想更早之時福樓拜那種極度憎惡中產階級的態度，不過這位《包法利夫人》的作者有時候倒是頗能自我解嘲：他會爲他後來所創造的兩位中產階級人物布瓦爾（Bouvard）和貝居謝（Pécuchet）辯護，他們是白痴沒錯，但他們畢竟是他所創造的白痴。他甚至還會把他的出版商夏本提耶（Charpentier）和他的家庭排除在中產階級的行列之外，在這方面，他很少有頭腦清晰的時刻，湯瑪斯．曼和福樓拜不一樣，他很快就克服了他的偏見。

對研究社會和政治的歷史學家而言，這絕不會是最後的定論，不管曼如何宣稱他的《布頓柏魯克世家》一書如何激發韋伯和其他社會學家的學術性興趣，以及如何詳盡刻劃了貴族市民階級的生活面貌，我們在讀這本小說的時候，首先獲得的印象會是，這是一本曼個人的心路歷程紀錄。在他那個時代，很少有德國中產階級的遭遇是像布頓柏魯克家族那麼悲慘的，也很少有像哈根斯特洛姆家族爆發竄起那麼快的，最主要是，曼並不是從很客觀中立的觀點去描寫他自己家族的傳奇故事。

曼寫這本小說並不需要經過狄更斯和福樓拜的引導，以便符合寫實主義原則的要求，他有他自己想說的話，我們或許可以這麼說，他寫這本小說是出於一種報復的批判心理，他的兩位前輩狄更斯和福樓拜處於和社會互相對抗的地位，然後發現他們身處的社會弊病累累，才各自寫出偉大的小說來表達他們在政治上的憤怒和憎恨。曼的情況也是，他曾經如此坦誠說道：「毫不容情的準確描寫，」一九〇六年，他這樣寫到關於《布頓柏魯克世家》的寫作動機，「正是為了抒發作者個人經驗的細膩報復。」——對不能容忍兒子不肯繼承他的大業而感到失望的父親施展報復，同時對一個不能容忍他有性別變異傾向的跋扈社會施展報復。

曼在生命中最後一些重要舉動多少更加清晰說明了他的此一報復動機，他在死前不久特別銷毀了自己的一些重要日記內容，其他剩下的部份遺留下來，提供給曼的傳記作者去研究，其中比較隱密而較引人興趣的部份是：曼的同性戀傾向。但是這卻引發另一層疑惑：他為什麼沒把這些部份一併銷毀呢？這些部份還必須等他死了二十年之後才眞正正式公開，他到底要後人怎樣看他呢？

爲什麼？當我讀到這些殘留的日記之時，我覺得這是他施展給讀者以及他自己家族的一種報復，至少這是一個叛逆貴族的最後一項舉動——我們可以感覺到他那反諷的微笑。

註釋

①一九三七年十一月五日，曼在寫給友人的一封信中這樣說道：「我得助於家庭的檔案資料和商業往來方面的資訊，這些都是從我的故鄉取得。」

②他在《一位非政治人物的觀察》（*Betrachtungen eines Unpolitischen*）一書中這樣說道：「我必須強調的是，我所描述的有關現代資本主義者的貪得無厭嘴臉和中產階級在職責上的禁慾苦行觀念，雖然和新教倫理、淸教主義及喀爾文主義所倡導的論調非常吻合，可都是由我自己觀察所得而來，我從未讀過近時一些學者所研究的成果，當然也從無機會去獲悉他們有關這方面的非凡洞見。」

③音樂學者沃爾特・弗里希（Walter Frisch）曾跟我指出，漢諾在此演奏幻想曲的方式，幾乎就是華格納在《特利斯坦與伊莎爾德》一劇中「特利斯坦主題音樂」的轉位彈奏，顯然這裡是曼向華格納所呈現的至高敬意之表現）。

④第一次世界大戰結束之後，湯瑪斯・曼的生命觀有了大幅度改變，一九二九年，他在一篇題名爲〈論

德國的共和〉頗引爭論的演講中，特別強調，他對死亡的著迷已經過去了。一九二五年，他在《魔山》一書中，透過主角漢斯．卡斯托普的口中說出一段著名的話：「爲了良善和愛的理由，我們不應該讓死亡的念頭盤據我們的腦中。」對曼的心路歷程發展而言，這是值得讚賞的，因此對研究他作品的歷史學家而言，如果光從《布頓柏魯克世家》著手去理解他的思想，顯然是不恰當的。

結　語
小說的真理
Epilogue: Truths of Fictions

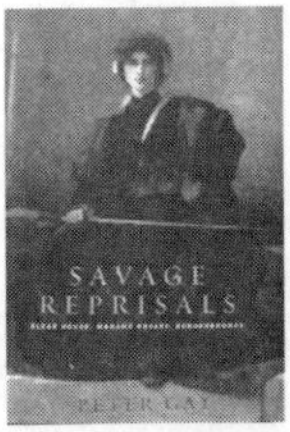

·在虛構中也許有歷史存在，
但在歷史中卻不允許有虛構這類東西的存在。
·在一位偉大的小說家手上，
完美的虛構可能創造出眞正的歷史，
成為既有小說藝術之表現，
同時又能指陳眞理的最佳表現媒介。

I

一九一三年之際，普魯斯特的《追憶似水年華》第一冊《在蘇安家》（*Du Côté de chez Swann*，編註：又譯《去斯萬家那邊》）剛出版不久，他為自己那種自由自在的創作力量奔放方式洋洋得意，他告訴一位訪問者說，小說家透過寫作小說而創造了另一新的世界。威斯特（Rebecca West）女士截然反對這樣的看法：「討厭的事情一樣就夠了。」普魯斯特把小說家提升到一個神聖的地位，這眞値得讚賞，著名詩人史蒂芬斯（Wallace Stevens）就很贊同這種說法。但是威斯特女士有她反對的理由，寫實主義小說家所創造的世界和歷史學家的世界一樣，都是透過他們自己的逐步描摹而產生出來。畢修普（Elizabeth Bishop）女士談到詩人的創作情況一樣可適用於小說家身上：他們把想像的蟾蜍放到眞實的花園裡頭，即使這些蟾蜍看起來像眞的一樣。

寫實主義小說家的這種情況說明了小說中的眞理是什麼以及小說在歷史中

的地位如何，這也正是我在這篇結語中所要探討說明的問題。這看來像是一片深水，我只能在其表面稍稍涉獵而已，看來這會如培根（Francis Bacon）所說，是一場「鬧著玩的彼拉多」（jesting Pilate）遊戲，永遠無法觸碰到問題的核心。他這樣問道：「什麼是眞理？這不會有答案的。」在最當代的一些文學批評家和歷史學家之間，最困擾他們的就是如何定義「事實」（fact）和「眞理」（truth）的問題，這是一個具高度爭議性的問題。

我們這個時代的哲學家反而沒有這方面的問題，除了一小撮的實用主義哲學家之外，大體而言，一般都會訴諸批評性的現實方法，認爲不管是出於正確觀察的阻礙，或是自我蒙蔽的誘導，一個不爲人的心靈所左右的眞實世界是永遠存在著的。只是，討厭的事情一樣就夠了，但我們不能因爲眞理不可捉摸或事實不容易確定，就認定這些東西不存在，好比說樹林裡有一棵樹倒下去了，沒有人注意到或剛好有一個人經過看到了，它倒下去所發出的聲音都是一樣的。理想主義派的哲學堅持認爲「這個美麗的世界乃由我的心靈所創造」，波柏爵士（Sir Karl Popper）並不苟同此一看法，他認爲這是誇大的講法。有許多別的哲學家也說過類似的話，只不過態度比較含蓄罷了。

甚至像孔恩（Thomas Kuhn）這位二十世紀最具影響力的歷史學家和科學的哲學家，他的圖例變動理論曾被相對論者評爲不當，他即認爲外在世界是一種客觀眞實的存在，並非由建造或發明而來。英國哲學家摩爾（G. E. Moore），人家問他如何證實外在世界的存在，他只簡單伸出雙手。當然還有許多其他更世故的方法可以證明這個論調，但是仍有許多學者以專業手法去處理這個問題，如何探尋眞理或是事實的眞實性，則是大大超乎爭論的範圍了。

我預備從寫實主義這個角度來檢驗歷史學家所提出的探索「眞實性」的兩個研究方法，一個很古老，也很具尊崇地位，另一個很新，很具顚覆性。這兩個方法除了一樣對史詩和歷史女神克萊歐（Clio）特別熱中之外，並無共通之處。第一個方法認爲小說家和詩人比歷史學家、一般人、檔案資料研究者等更能夠掌握到較高層次的眞理——也就是說更深奧的眞理。亞里斯多德在《詩學》（*Poetics*）一書中不是說過詩比歷史更具哲學性和重要性嗎？·米蘭·昆德拉（Milan Kundera）是抱持此一相同論調的現代小說家，他說：「我要一再強調，小說的唯一存在理由就是說出只有小說才能說出的一切。」小說的此一「激進自治功能」才使得「卡夫卡能夠說出社會或政治思想所說不出來的有關人類處境的事實（至少就二十世紀而言是如此）」。可憐的歷史學家，他們只能跟在只有小說家才得掌握的眞知灼見後面摸索前進！

撇開他們的專業偏見不談，亞里斯多德和昆德拉把小說提升到超越歷史的地位，不能不說是一種極吸引人的論調，對小說的讀者而言，他們的確會贊同這樣的說法，小說家爲他們闡述這個世界上人類的行爲模式，還有他們和他人以及和自己相處的經驗，這的確很容易引起深刻共鳴：人們正是這樣在生活！他們正是這樣在愛和恨！他們正是這樣在下決心或猶豫不決！我們只要稍事瀏覽一下一些著名小說家令人印象深刻的作品，便可立即獲得一個有關這方面論調的完整概念。杜思妥也夫斯基對犯罪和救贖的深刻探索，普魯斯特對嫉妒之愛情所衍生的災難之詳盡刻劃，亨利．詹姆斯對最細膩思想的解剖，這只是三個發現眞理的卓越例子，其他當然還有很多，不便一一列舉。我想到弗洛依德的潛意識理論，他並不願意承認他是發現潛意識的人：他強調具有想像力的作家——詩人——早就在他之前發現了潛意識，他只不過是將之發揚光大並加以理論化而已。不能否認的是，具有想像力的作家能夠透過他們的創造性想像力透視到一個眼睛看不到的世界，不過我要趁此強調一點，或多或少的知識必有助於此一想像力的發揮。

我另外要強調的是，當我們在讚賞小說家的眞知灼見之時，我們指的乃是他們的心理學方面的洞察力，就在伸入這個廣闊領域之際，研究個人心靈和集體心理狀態時，小說家和歷史學家碰在一起了。不管歷史學家要不要承認，他們大都是業餘的心理學家。伍德華德（C. Vann Woodward）在《湯姆・華特遜：農民叛變》（*Tom Watson: Agrarian Rebel*）一書中，描寫一位喬治亞州的人民黨領導人的一生，開始的時候，他以無比勇氣努力成爲窮人的代言人，然後成爲以群衆的情感爲依歸的種族主義煽動家，最後終於步上政壇成爲頂尖政治人物。「我沒有適當可用的心理學理論，」伍德華德回顧寫作這本書的經歷時這樣說，「我從未有過任何可以解釋謎底的信念。」但他具有敏銳的知性和懂得如何處理材料的手法，這本書在說明一個政治人物的心理狀態時是那麼的卓越出色，我們不妨可以拿來和華倫（Robert Penn Warren）的《國王的人馬》（*All the King's Men*, 1946）這本小說相提並論，一樣都在描寫政治人物的生涯，這本小說主要描寫隆惠（Huey Long）從一九二〇年代末到一九三〇年代初統治路易斯安那州的經過（「我就是憲法！」）。這兩本書的作者都是極具才華的作家，一個是歷史學家，另一個是小說家，他們的作品透過不同寫作方式，卻達到相同的眞理。

有關第二個探索眞實性的方法在近時曾引起較多爭議，因此更值得進一步去注意。後現代主義觀念會入侵歷史學家領域是一件自然而然的事情：他們否定歷史學家和小說家所宣稱的眞實性這回事，從一開始就沒有所謂眞理的存在，任何事物，包括歷史和小說的作品，都只是一個帶有許多副文本的文本而已。德希達（Jacques Derrida）這位後現代主義的宗師和他的衆多追隨者比如像史必瓦克（Gayatri Chakravorty Spivak），他們堅持認爲文本並沒有穩定的認同，因此所有的文本，包括歷史文本，不管自身如何堅固，面對各種不同方式閱讀時都是很脆弱的。總之，歷史學家的現實主義是一種幻象。

看來似乎奇怪，對大多數歷史學家而言，後現代主義把這種情況看成是可喜而不是悲哀的現象。一位歷史學家可能敘述的故事，套用沙瑪（Simon Schama）的詩，「會把事件的確定性融解成許多不同敘述方式的可能性」。這樣的論調顯然和傳統歷史學家的智慧相牴觸：傳統的做法是盡其所能把許多不同敘述方式加以剔除，最後只保留他們心目中認爲最接近眞理的那一個。納米耶爵士（Sir Lewis Namier）這位十八世紀英國政治的專家幾年前曾說過，歷史學家的主要工作是去發現並沒有發生的事情。誠然，過去的學生可能會極力拒絕詮釋，而不是提供詮釋。

懷特（Hayden White）這位最具影響力的後現代歷史學家，曾經把相對論觀念推到一個極限：「歷史事件，」他寫道，「應該包含或是展現一堆『眞實的』或『活過的』故事，這些故事展現在讀者面前時，必須都是有憑有據，讓人能夠一眼即認識出其眞實性。」但這是幻象，是一種「錯誤的態度，或根本就是錯誤的認知。故事就像實際的陳述，都是一種語言學的實體，屬於論說的範圍」。對後現代主義者而言，事實是被創造而不是被發現出來的，他們的知性先祖最早可追溯到歌德，早就堅持任何事實都是一種詮釋的論調。過去的傳統觀念早已形成爲一種根深柢固架構，好比一個強而有力的神話，把歷史學家（就像小說家一樣）緊緊束縛住。偏見、護眼罩、狹隘視野、盲點等所有這些都是客觀性的阻礙物，我們必須努力去認識並加以瓦解，過去的學生是他們自己個人歷史的囚徒。從這個角度看，寫歷史和寫小說幾乎沒什麼兩樣了。

Ⅱ

爲了對抗上述的懷疑主義觀念，我必須強調的是，他們認爲客觀事實不存在，也認定所謂的事實都是已經經過一面倒的偏見污染，我肯定這樣的觀念是完全不能成立的。每天有許多數不盡的事實和詮釋在爭論，然後有許多各式各樣的歷史學家在爲這些事實和詮釋下定論。姑且不論其本質上的荒謬性，後現代主義者企圖把歷史學家對眞實性的追求貶低成爲不恰當的行爲，可這樣的做法卻有其不利影響，這會迫使寫作事實的作家和寫作虛構的作家互相糾纏不淸，我們對主觀性不分靑紅皂白的時髦主張，會把十八世紀以來歷史學家所主張的獨立自主身分導向後退的狀況，然後從一個穩固而多產的土壤上撤退下來。①歷史上有一千年的時間，歷史學家由於受到神學的箝制，在寫作歷史時經常會把一些歷史事件歸諸於神的意旨，但十八世紀啓蒙運動以來，哲學家們則是認爲整個世界的運作必須歸諸於自然的仲介和人類自己的行爲，神的干預越來越少了。

這種世俗化的現象有利於歷史學家的工作，自從十九世紀以來，歷史學家已經頗有自信地敢於把自己看成是科學工作者，他們認定有某些因素——比如知性的、政治的、神學的——會干擾自由的探索行爲。十九世紀末葉之際，艾克頓子爵（Lord Acton）曾經表示過，眞希望法國、德國和英國的歷史學家都能對滑鐵盧戰役的記述達到一致的見解，但這種期盼對他那個時代的人而言，雖說很有價值，卻毋寧是一種不可能實現的烏托邦夢想。

上述這層事實說明了歷史學家根本不需要後現代主義者來告訴他們，個別的歷史學家在研究歷史事件時，多少會出於不自覺狀態而阻礙了對過去歷史的客觀性描述。他們樂於如此做，因爲適巧可以藉此愉快指出別人的不公正做法。但是他們會同時認爲這是邁向眞理之路必須克服的障礙，而不是非得服從不可的人性法則。他們會駁斥沙瑪的「平庸格言」所宣稱的「歷史知識無可避免會受限於敘述者的個性和偏見」，這種說法的確平庸，但「永遠如此」和「無可避免」嗎？

一個歷史學家在研究題材上的選擇經常都是有跡可循，有的想挑戰前人的研究成果，有的則是遵循前人的成果繼續擴大研究，不管是採取熱心姿態去面對一個困難的研究對象，還是去否決它，都一定會決定一個研究者的方向該怎麼走。對二十世紀的歷史學家而言，他們必須面對更多的紛亂和災難，以至於經常無法排除個人的早年經驗加諸他們身上的桎梏，我們遇見過許多來自極權地區的學者，由於早年的不幸遭遇，竟會忍不住讓自己在脫身之後仍耽溺於過去的經驗之中，因而下半生老是汲汲營營想去了解和詮釋，甚至於強迫性地想再去經驗他們年輕時代所受到的創傷。

然而，企圖要處理一個題材和處理一種結果，或如科學家所說的某種發現的內涵和某種名正言順的辯解內涵，此兩種之間的動機是很不相同的。誠然，讀者絕不可能期待一位羅馬天主教派的作家所寫的馬丁・路德（Martin Luther）傳記會怎樣的剴切中肯，同樣道理，也不可能期待一位擁護英國王室的保皇派作家所寫克倫威爾（Cromwell）傳記會怎樣的具有可讀性。可是從歷史學家必須追究眞理的職業訓練這個角度看，這樣的天主教或保皇派作家首先就必須摒除個人偏見，因爲你不是在從事小說寫作。他們的專業超我必須把自己訓練成達到批評家可能會做的：避免偏見，避免不公正的結論，因爲批評家的尖銳筆觸或同道之間的無情批判，總是會帶來某種淸醒的刺激效應。

當然，會做出如此熱烈相關反應的不僅是批評家而已，早在幾十年前，歷史學家已經懂得發展出一套防衛的技巧，雖然他們不敢保證具有怎樣的客觀性，但至少可以減少製造明顯或隱含的偏見的機會。他們會大量引用可靠的註解和書目，也適度引述不偏不倚的文章，以便公開給大衆去仔細檢驗，這樣的做法無形中確立了歷史學家做學問的專業標準，遵循這些標準，便是一種專業行爲的表現。

沒有人敢說一切程序都是準確無誤的，在歷史學家眼中看來，即使他們會認同別人的研究成果，但還是有意見分歧的時候，當然這不會是流行或非專業心態的表現：一個歷史學家可能會動用比他的競爭者所使用的更爲突出的資料，有的則會使用別的非傳統輔助訓練（比如精神分析）去研究某一熟悉主題，然後得出比前面研究者更爲深入和豐富的成果。同時之間，歷史學家亦不應爲倫理觀念所影響，一個歷史學家可以相信吃人是錯誤的行爲，但不可因而影響到他對野蠻人的公正評判。美國歷史學家哈斯凱爾（Thomas L. Haskell）曾如此尖銳下過定論：「客觀性並不等於公正性。」事實上，歷史學家對過去的看法，如果角度正確，會擴大並尖銳看世界的方法，而不是限制。

總之，歷史學家的各種爭論（這是必然，歷史學家如果沒爭論，大家都一致認同相同的事實，那會多麼單調無趣），都是努力企圖想成爲艾克頓子爵所期盼的理想狀況：對過去全然認知的一致認同。這是一種理想，沒有人會否定這種理想，因爲大家要的是客觀的眞實性，一言以蔽之：在虛構中也許有歷史存在，但在歷史中卻不允許有虛構這類東西的存在。

III

那麼，小說家如何在小說中妥善運用歷史呢？他們對眞實性的最有效運用方式，乃取決於是否能夠在我所說過的大和小以及社會和個人之間得當運用。我們不妨再以湯瑪斯・曼所創造的並將之定位爲英雄的湯瑪斯・布頓柏魯克這個角色爲例來說明，根據曼的描寫，他的生活完全隸屬於他個人的世界，這包括他不美滿的婚姻、令他失望的兒子、令人厭煩的社交生活、他對叔本華哲學的發現，甚至他那要命的牙疼。事實上，湯瑪斯所代表的不僅是曼的家鄉留培克地區的中產階級生活，他代表了許多無數的中產階級，換句話說，作者在小說中刻劃的人物即使很個人化，但基本上還是有其現實基礎的共通點，因此作者不只闡述所發生的事件——我一開始即強調過，關於這方面讀者必須自己去區辨其可信度——另一方面他還要讓他所闡述的事件具有可信度。

小說家利用他所創造的一些人物，描寫他們的反應，繼而能夠大幅度展現觀看小說中所發生一切事件的視野，這恐怕要比不修飾的單一敘述看事情要有力得多。但是有時候小說家不得不從單一的角色來看事情的發展演進，在斯湯達爾的《帕爾瑪修道院》（*La Chartreuse de Parme*）這本小說之中，作者用主角法布利斯（Fabrice）的眼光去錯誤估量滑鐵盧戰役的情況，顯得混亂而不可理解，犯了一般人會發生的對一場戰役的錯誤觀念，但由於這是透過這個角色個人的眼光去看事情，沒有是非的評判問題，斯湯達爾得以把這層現實轉化爲具有可信度。另外，福樓拜在《情感教育》一書中描寫一八四八年巴黎的革命事件，讀起來就像一篇在展現一個群眾心理學的論文，作者透過許多人物，包括男主角佛烈德利克和他的朋友，去看一場革命事件的發生。

我們不得不一再強調，小說畢竟是一種虛構，不是專題論文。薩克萊在《浮華世界》一書所刻劃的貝姬・夏普一角，她不斷周旋於許多好色的男人中間，剛好藉此說明了拿破崙戰爭時期的英國政治界生態，貝姬這個角色也適時展現了她大膽而令人難忘的突出地位。方坦納最著名的一本小說《寂寞芳心》（*Effi Briest*），書中所刻劃出身名門的女主角愛菲（Effi），她由於婚姻不幸福而紅杏出牆，卻招徠不成比例的罪責，適巧反映了帝國時代的德國是一個多麼保守顢頇的社會，她最後被逐出豪門，鬱鬱以終，反而博取了讀者的極度同情，她被看成是一個無辜而惹人憐憫的年輕母親，由於一時失足，竟成爲封建保守的社會體制下的可憐犧牲者。如果說小說中的主角都是一些個人化的角色，那麼由他們所主宰的這類小說，對歷史學家而言就沒什麼意義，可是從另一個角度看，如果小說中所處理的主角人物是屬於一般性類型的角色，這樣的小說對文學而言，就談不上有什麼嚴肅的貢獻。

現代小說作家所寫最令人印象深刻的歷史性作品，就是所謂「獨裁者小說」

（the dictator-novel）了。這類題材的寫作很吸引人，而且發展得很快——爲了某些明顯的理由，特別是在拉丁美洲作家之間。這種類型小說的最典型突出例子大概要算馬奎斯（Gabriel García Márquez）出版於一九七五年的《獨裁者的秋天》（*Autumn of the Patriach*）一書了，這本小說以最戲劇性的形式提出了小說中的眞理此一問題，剛好可用來結束我們對這個問題的討論。馬奎斯的寫作生涯過程剛好見證了他自己的國家哥倫比亞在政治上的壓制作風，他以一種謹愼而帶伊索寓言式的風格展現此一獨裁政治的可怕風格。在《獨裁者的秋天》一書中，他以一種絕佳的精密技巧表現出反傳統的小說寫法，然後展現了一個相當宏觀的視野。

馬奎斯從古代歷史中學到許多有關專制政治的觀念，藉此來豐富他所要描寫的獨裁主題。「我從普拉塔克（Plutarch）和蘇脫尼奧斯（Suetonius）那裡學到很多，同時也從凱撒大帝的傳記作者那裡學到不少。」一九七七年他在一次接受訪問時這麼說。這樣的歷史知識有助於認識「此一具有古老傳統的瘋狂行徑，把人類歷史上的所有獨裁故事交織成一張大網」。他不會那麼單純地把虛構和事實加以截然兩分，但也不會特別在小說中呈現現實世界中某一個特定的獨裁政權。他很清楚小說中眞實事件的力量，以及一本具有眞實的小說會如何吸引人，但是在他的小說中（一如其他人的小說），歷史永遠置放在不顯眼的位置上面。

當然，《獨裁者的秋天》其核心題旨並不是在講凱撒大帝，而是中南美洲。這本小說同時也不是在講某一個特定的獨裁政權，不過以馬奎斯的細膩筆觸看，這可看出是「拉丁美洲獨裁者的綜合描寫，特別是加勒比海地區」。總之，小說所指涉的早已超越近幾十年的血腥局面，如作者所言，它涵蓋了「整個拉丁美洲的幽靈」。中南美洲地區自從十九世紀初從西班牙解放獨立以來，大多數國家都擺盪在極權主義和無政府主義之間，有的甚至還處於身穿軍人制服的嗜血誇大狂統治底下，任其剝削蹂躪。一九八二年，馬奎斯在諾貝爾文學獎的領獎典禮上致詞就說過，要是整個拉丁美洲的歷史不是那麼血腥的話，如此多令人髮指的由於暴政所引起的恐怖事件就會顯得荒唐可笑。②馬奎斯忍不住慨嘆：「我們從未有過平靜的時刻。」毫無疑問，他手上多的是可資運用的材料。

他的小說描述可能是加勒比海地區一個不具名國家一位不具名「獨裁者」的故事，這位獨裁者簡稱爲「將軍」。作者展現了所有獨裁者會有的特徵：自戀、殘暴、性氾濫，還有某種與生俱來的精明。這位獨裁者還具有別人所無的特長：表演奇蹟，比如說他能夠任意改變時間和氣候。這一類超自然的行徑我們都可以歸諸於「魔幻寫實」（Magical Realism）的誇大運用，只是他們至終仍不得不面對活生生的獨裁現實。《獨裁者的秋天》令人聯想十九世紀多明尼加的政客們到處跟人兜售自己的國家這件荒唐事情：後來將軍還眞把沿海地帶給賣掉了。孟特爾（Hilary Mantel）所形容的法國大革命情況，似乎非常適合運用在這位獨裁者和他那半想像的國家身上：任何看來最不可能發生的事情都是眞實。

那麼，在《獨裁者的秋天》一書中，什麼是歷史，什麼是杜撰？這本小說不但沒說明，甚至還故意切斷可能說明事實的蛛絲馬跡。小說分爲六個部份——每一個部份單立爲一個章節，每個部份以發現「將軍」的屍體爲開始，然後追溯其荒唐怪誕的生涯。小說的故事並未設定確切的時間背景：作者不告訴我們日期，只約略介紹和時代無關的背景人物如哥倫布。他也不告訴我們這位獨裁者的年齡，只讓我們大概知道他的年紀約略在一百零七歲到兩百三十二歲之間。最令人感到困惑的是，馬奎斯的敘述語調模稜兩可，說話的人不止一個，也不知道他們是誰，而且全知全能，讓人讀來感覺他們是一般大衆旁觀者，或是將軍旁邊親近的官員。故事的核心人物離不開獨裁者的守衛、一個妓女、獨裁者的母親和他自己——然後就在故事接近尾聲的一段敘述文字中，我們會忍不住懷疑，這難道不像是某種集體聲音的展現嗎？有時候作者爲了讓整個情況變得更加複雜些，竟也會在敘述的句子中間改變敘述者的身分。

小說故事一直進行到最後兩、三頁左右之時，在語調上卻突然有了細膩的變化，此種變化無關乎風格。這時候，即使前面所敘述的都是一些可怕的事件，所有敘述者開始以一種若無其事的語調繼續把故事說完，姿態上顯得輕鬆愉悅，也許這是馬奎斯的黑色幽默性格所使然。對這位獨裁者的統治行爲，他只是簡單客觀描寫，怪異事件一樁接著一樁，從不做任何深入分析。當死神向這位獨裁者宣告他的死亡之時，這時候，「他才了解到，在這麼多年的荒蕪幻象之後」，可惜已經太遲了，「許多人都學會了愛，唯獨他始終沒學到怎麼去愛人……」小說結束時，「瘋狂群衆爲他死去的美妙消息大聲歡呼，榮耀的聲音對著全世界宣告這漫長難耐的過程終於告一段落的好消息」。

如果說馬奎斯在這最後關頭，僅在於宣告一場暴政之後，人們所需要的只是愛，這恐怕會忽略了他的眞正企圖。他眞正想做的是，帶給讀者某種由於獨裁力量之腐化所產生的氣氛，對魔幻寫實的作家而言，歷史事實——或是假的歷史事實——並不是那麼重要，重要的是對那些腐化的人所生活的無所不在的腐化氣氛之深刻描寫：比如獨裁者那些下屬在他面前所表現的屈膝逢迎的無恥嘴臉，對眞實或想像的陰謀叛變者施以虐待苦刑，訓練刺客去「執行」他們認爲不得不如此做的暗殺任務，爲統治者不斷製造搜括錢財和女人的大好機會，大肆任用親戚或有裙帶關係的人擔任要職，絕不忽略有可能煽動群衆起義叛變的因子，因此他們會使盡各種手段去籠絡專業階層、商人或甚至窮人，以便支持他們的獨裁行爲。

獨裁者和他們所建立並毫不容情要加以保衛的王國，並非都是一樣的，但有一樣絕對是大同小異，那就是在他們統治之下，絕不容許理性的存在，也不容許生命的自由發展。對獨裁者而言，他沒有憲法的約束，如果有憲法，也必定是依照他的意志所制定，他講的話就是憲法，沒有人，包括富豪或乞丐，能夠下理性的決定。誠實、忠誠、努力工作、賞罰分明等——這些傳統的優良德性必須袪除，要不就是經過扭曲而成爲非法。獨裁者的意志就是法律，因此信任會成爲首要意外橫禍，偏執狂的病症普遍流行，而且還成爲正常現象。我們常說偏執狂患者也會有敵人絕不是個笑話：獨裁者會一天到晚疑東疑西，他們什麼都要懷疑。

我們起先並不是很快即能了解爲什麼馬奎斯會稱《獨裁者的秋天》是一首有關「權力之孤獨」的詩，因爲這本小說是一篇帶有影射性的宣告：作者所說的孤獨是每個人的命運。他的論調很有說服力，他利用文學的想像手法做到了歷史學家想做或應該做卻做不到的事情，他寫了一本極具歷史意義的小說。他指陳許多事實，見證了特魯吉洛（Trujillo）在聖多明尼加或皮諾契（Pinochet）在智利所幹過的最傷天害理的獨裁行爲。總之，在一位偉大的小說家手上，完美的虛構可能創造出眞正的歷史，成爲既有小說藝術之表現，同時又能成爲指陳眞理的最佳媒介。

註釋

①從一九三○年代開始幾十年以來，美國的歷史學家即爲主觀性問題所糾纏，一九三一年，卡爾・貝克（Carl Becker）叫出「每個人都是他自己的歷史學家」口號，兩年後，查爾斯・比爾德（Charles A. Beard）主張「把書寫的歷史看成是一種信仰的行動」。這兩位學者所提出的懷疑主義很難反駁，卻很難實行，連他們自己都做不到。這導致一個結果，大家認爲以後歷史學家在寫歷史的時候，不必去理會曖昧不清的哲學問題，因爲一切訴諸主觀性，這乍看很簡便，事實不然。

②墨西哥的大獨裁者桑塔那（Santana）將軍曾在所謂「蛋糕戰爭」中失去右手，他死的時候葬禮極盡奢華之能事。莫雷諾（Moreno）將軍以君主專政姿態統治厄瓜多爾十六年之久，他死的時候，身著豪華軍裝，胸前掛滿勳章，坐在總統龍椅上供人膜拜瞻仰。薩爾瓦多的馬丁內斯（Martinez）將軍，這位自稱通神的獨裁者有三萬個農奴，在一次野蠻狂歡中悉數予以獵殺殆盡，他發明一種鐘擺藉以檢驗他的食物是否被下毒，有一次國內流行猩紅熱傳染病時，他就下令全國路燈包上紅紙藉以對抗這個傳染病。豎立在德古斯加巴（Tegucigalpa）市中心廣場上的莫拉桑（Morazán）將軍雕像，據說實際上是從巴黎買來的二手貨，是內伊（Ney）元帥雕像的複製品。

內容簡介

慣於在歷史長河中尋索眞相事實的歷史學家，如何看待以「虛構」爲名的小說？尤其是寫實主義的經典那麼引起讀者深刻的共鳴：人們正是這樣在生活！他們正是在這樣愛和恨！他們正是這樣在下決心或猶豫不決！小說眞的超越歷史的地位了嗎？美國著名歷史學者彼得·蓋伊（Peter Gay）如是說：「當我們在讚賞小說家的眞知灼見之時，我們指的乃是他們的心理學方面的洞察力，就在伸入這個廣闊領域之際，研究個人心靈和集體心理狀態時，小說家和歷史學家碰在一起了。不管歷史學家要不要承認，他們大都是業餘的心理學家。」

蓋伊以寫實主義小說：英國狄更斯的《荒涼屋》（*Bleak House*, 1853）、法國福樓拜的《包法利夫人》（*Madame Bovary*, 1857）以及德國湯瑪斯·曼的《布頓柏魯克世家》（*Buddenbrooks*, 1901）三本代表寫實主義鼎盛時期的長篇小說，加以抽絲剝繭，演繹十九世紀中產階級的改革思想與私密生活，在小說與歷史間，如煉金術士般找到兩者間的對位鏡像，讓我們一度以爲熟悉的一些主題變得煥然一新。蓋伊以異常優雅的文筆，爲一個今日西方文化賴以奠基的時代提供了卓越洞察；同時精采辯證了小說家超越現實的原則，對自身時代之蒙昧愚蠢所施展的細膩報復。

讀小說的方法不只一種，而若歷史如一個異國，那麼，彼得・蓋伊是吾人所能找到的最佳嚮導，他特別從歷史學家的眼光去探索寫實主義小說的風格，爲我們打開了另一層嶄新讀小說的視野，能藉此以更宏觀的角度去看小說中的「事實」，以及那小說家內在形構的「事實」。

作者

彼得・蓋伊（Peter Gay）

一九二三年出生於柏林，一九三八年移民美國。哥倫比亞大學博士，曾任教於哥倫比亞大學，目前爲耶魯大學史特林資深史學教授、古根漢與洛克菲勒基金會學者、劍橋邱吉爾學院海外學者。歷獲各種研究獎如海尼根（Heineken）史學獎等，其著作多次獲美國國家圖書獎。

譯者

劉森堯

台灣東海大學外文系學士，愛爾蘭大學愛爾蘭文學碩士，現在法國波特爾大學攻讀比較文學博士。著有《電影生活》、《導演與電影》、《天光雲影共徘徊》、《母親的書》，譯有《電影藝術面面觀》、《電影表演與藝術》、《布紐爾自傳》、《柏格曼自傳》、《童年往事》、《電影語言：電影符號學導論》、《到芬蘭車站》、《威瑪文化》、《閒暇：文化的基礎》、《歷史學家的三堂小說課》等。

校對

李鳳珠

台灣大學中文系畢業；資深校對。

編輯

馬興國

中興大學社會系畢業；資深編輯。

立緒文化全書目-1

序號	書名	售價	序號	書名	售價
A0001	民族國家的終結	300	B0026	柏拉圖	195
A0002	瞄準大東亞	350	CA0001	導讀榮格	230
A0003	龍的契約	300	CA0002	孤獨	350
A0004	常識大破壞	280	CA0003	Rumi 在春天走進果園（平）	300
A0005-1	2001 年龍擊	280	CA0003-1	Rumi 在春天走進果園（精）	360
A0006	信任	350	CA0004 ★	擁抱憂傷	320
A0007	大棋盤	250	CA0005	四種愛	200
A0008	資本主義的未來	350	CA0006	情緒療癒	280
A0009-1	新太平洋時代	300	CA0007-1	靈魂筆記	400
A0010	中國新霸權	230	CA0008	孤獨世紀末	250
B0001	榮格	195	CA0009	如果只有一年	210
B0002	凱因斯	195	CA0010	愛的箴言	200
B0003	女性主義	195	CA0011	內在英雄	280
B0004	弗洛依德	195	CA0012	隱士	320
B0005★	史蒂芬・霍金	195	CA0013	自由與命運	320
B0006	法西斯主義	195	CA0014	愛與意志	380
B0007	後現代主義	195	CA0015	長生西藏	230
B0008	宇宙	195	CA0016	創造的勇氣	210
B0009	馬克思	195	CA0017	運動：天賦良藥	300
B0010	卡夫卡	195	CA0018	意識的歧路	260
B0011	遺傳學	195	CA0019	哭喊神話	350
B0012	占星學	195	CA0020	權力與無知	320
B0013	畢卡索	195	CB0001	神話	360
B0014	黑格爾	195	CB0002	神話的智慧	390
B0015	馬基維里	195	CB0003	坎伯生活美學	360
B0016	布希亞	195	CB0004	千面英雄	420
B0017	德希達	195	CB0005	英雄的旅程	400
B0018	拉岡	195	CC0001	自求簡樸	250
B0019	喬哀思	195	CC0002	大時代	480
B0020	維根斯坦	195	CC0003	簡單富足	450
B0021	康德	195	CC0004	家庭論	450
B0022★	薩德	195	CC0005-1	烏托邦之後	350
B0023	文化研究	195	CC0006★	簡樸思想與環保哲學	260
B0024	後女性主義	195	CC0007★	認同・差異・主體性	350
B0025	尼采	195	CC0008	文化的視野	210

立緒文化全書目-2

序號	書　　名	售價	序號	書　　名	售價
CC0009	世道	230	CD0001	跨越希望的門檻（平）	280
CC0010	文化與社會	430	CD0001-1	跨越希望的門檻（精）	350
CC0011	西方正典（上）	320	CD0002	生命之不可思議	230
CC0011-1	西方正典（下）	320	CD0003★	禪與漢方醫學	250
CC0012	反美學	260	CD0004	一條簡單的道路	210
CC0013-1	生活的學問	250	CD0005	慈悲	230
CC0014	航向愛爾蘭	260	CD0007	神的歷史	460
CC0015	深河	250	CD0008	教宗的智慧	200
CC0016	東方主義	450	CD0009	生生基督世世佛	230
CC0017	靠岸航行	180	CD0010	心靈的殿堂	350
CC0018	島嶼巡航	130	CD0011	法輪常轉	360
CC0019	衝突與和解	160	CD0012	你如何稱呼神	250
CC0020-1	靈知・天使・夢境	250	CD0013	藏傳佛教世界	250
CC0021-1	永恆的哲學	300	CD0014	宗教與神話論集	420
CC0022	孤兒・女神・負面書寫	400	CD0015★	中國傳統佛教儀軌	260
CC0023	烏托邦之後	350	CD0016	人的宗教	400
CC0024	小即是美	320	CD0017	近代日本人的宗教意識	250
CC0025	少即是多	360	CD0018	耶穌行蹤成謎的歲月	280
CC0026	愛情的正常性混亂	350	CD0019	宗教經驗之種種	420
CC0027	鄉關何處	350	CD0020	黑麋鹿如是說	350
CC0028	文化與帝國主義	460	CD0021	和平的藝術	260
CC0029	非理性的人	330	CD0022	下一個基督王國	350
CC0030	反革命與反叛	260	CD0023	超越的智慧	250
CC0031	沉默	250	CE0001	孤獨的滋味	320
CC0032	遮蔽的伊斯蘭	320	CE0002	創造的狂狷	350
CC0033	在文學徬徨的年代	230	CE0003	苦澀的美感	350
CC0034	上癮五百年	320	CE0004	大師的心靈	480
CC0035	藍	300	CF0001	張愛玲	350
CC0036	威瑪文化	340	CF0002	曾國藩	300
CC0037	給未來的藝術家	320	CF0003	無限風光在險峰	300
CC0038	天才、狂人與死亡之謎	390	CF0004	胡適	400
CC0039	王蒙自述：我的人生哲學	280	CF0005	記者：黃肇珩	360
CC0040	日本人論	450	CF0006	吳宓傳	260
CC0041	心靈轉向	260	CF0007	盛宣懷	320
CC0042	史尼茨勒的世紀	390	CF0008	自由主義大師以撒・柏林傳	400

立緒文化全書目-3

序號	書　名	售價	序號	書　名	售價
CF0009	顧維鈞	330	D0006	莊子（解讀）	320
CF0010	梅蘭芳	350	D0007	老子	230
CF0011	袁世凱	350	D0009-1	西方思想抒寫	250
CF0012	張學良	350	D0010	品格的力量	320
CF0013	一陣風雷驚世界	350	D0011	全球倫理與宗教對話	250
CF0014	梁啓超	320	D0012	西方人文速描	250
CF0015	李叔同	330	D0013	台灣社會文化典範的轉移	280
CF0016	梁啓超和他的兒女們	320	D0014	傅佩榮解讀莊子	499
CF0017	徐志摩	350	D0015	親愛的總統先生	250
CF0018	康有爲	320	D0016	傅佩榮解讀老子	300
CF0019	錢　穆	350	D0017	傅佩榮解讀孟子	380
CF0020	林長民・林徽因	350	E0002	空性與現代性	320
CF0021	弗洛依德傳 1	360	E0003-1	生命實理與心靈虛用	250
CF0022	弗洛依德傳 2	390	E0004	文化的生活與生活的文化	300
CF0023	弗洛依德傳 3	490	E0005	框架內外	380
CG0001	人及其象徵	360	E0006	戲曲源流新論	300
CG0002	榮格心靈地圖	250	E0007	差異與實踐	260
CG0003	夢：私我的神話	360	E0008	天啓與救贖	360
CG0004	夢的智慧	320	E0009	辯證的行旅	280
CG0005	榮格與占星學	320	E0010	科學哲學與創造力	260
CH0001	田野圖像	350	E0011	宗教、道德與幸福的弔詭	230
CI0001-1	農莊生活	300	F0001	大學精神	280
CJ0001	回眸學衡派	300	F0002	老北大的故事	295
CJ0002	經典常談	120	F0003	紫色清華	295
CJ0003	科學與現代世界	250	F0004	哈佛經驗：如何讀大學	280
CK0001	我思故我笑	160	F0005	哥大與現代中國	320
CK0002	愛上哲學	350	F0006	百年大學演講精華	320
CK0003	墮落時代	280	T0001	藏地牛皮書	499
CK0004	在智慧的暗處	250	T0002	百年遊記 1	290
CK0005	閒暇：文化的基礎	250	T0003	百年遊記 2	290
D0001	傅佩榮解讀論語	380	T0004	上海洋樓滄桑	350
D0002	哈佛學者	380	T0005	我的父親母親－父	290
D0003-1	改變中的全球秩序	320	T0006	我的父親母親－母	290
D0004	知識份子十二講	160	Z0001	心象風景（寄賣）	900
D0005	莊子（原著）	200	Z0002	讀書筆記	80

線上購書可享八折優惠。購書滿四九九元即可免郵資寄送，未滿四九九元請另加郵資工本費五十元（限台灣地區）。另有套書優惠，請參閱立緒文化網址：http://www.ncp.com.tw。因版權授權關係，加★書籍絕版

國家圖書館出版品預行編目資料

歷史學家的三堂小說課／彼得・蓋伊（Peter Gay）著；劉森堯譯 .－ 初版.－臺北縣新店市：立緒文化，2004（民 93）
面； 公分.（新世紀叢書・文化：140）
譯自：Savage Reprisals：Bleak House, Madame Bovary, Buddenbrooks
ISBN 986-7416-08-2（平裝）

1.小說－西洋－評論

812.7 93016753

歷史學家的三堂小說課 Savage Reprisals

出版——立緒文化事業有限公司
作者——彼得・蓋伊（Peter Gay）
譯者——劉森堯

發行人——郝碧蓮
總經理兼總編輯——鍾惠民
主編——曾蘭蕙
業務經理——許純青
行政組長——林秀玲
行銷組長——劉健偉
事務組長——劉黃霞
地址——台北縣新店市中央六街 62 號 1 樓
電話——(02)22192173
傳真——(02)22194998
E-Mail Address: service@ncp.com.tw
網址：http://www.ncp.com.tw
劃撥帳號——1839142-0 號　立緒文化事業有限公司帳戶
行政院新聞局局版臺業字第 6426 號

行銷代理——紅螞蟻圖書有限公司
電話——(02)27953656　傳真——(02)27954100
地址——台北市內湖區舊宗路二段 121 巷 28-32 號 4 樓
排版——伊甸社會福利基金會附設電腦排版
印刷——祥新印刷股份有限公司

法律顧問——敦旭法律事務所吳展旭律師
國際通商法律事務所黃台芬律師

分類號碼——812.00.001
ISBN 986-7416-08-2
出版日期——中華民國 93 年 10 月初版　一刷(1～4,000)

定價◎250 元

立緒文化事業有限公司　信用卡申購單

■信用卡資料

信用卡別（請勾選下列任何一種）

□VISA　□MASTER CARD　□JCB　□聯合信用卡

卡號：＿＿＿＿＿＿＿＿＿＿＿＿＿＿

信用卡有效期限：＿＿＿年＿＿＿月

身份證字號：＿＿＿＿＿＿＿＿＿＿＿＿

訂購總金額：＿＿＿＿＿＿＿＿＿＿＿＿

持卡人簽名：＿＿＿＿＿＿＿＿＿＿＿＿（與信用卡簽名同）

訂購日期：＿＿＿＿年＿＿＿＿月＿＿＿＿日

所持信用卡銀行：＿＿＿＿＿＿＿＿＿＿

授權號碼：＿＿＿＿＿＿＿＿＿＿（請勿填寫）

■訂購人姓名：＿＿＿＿＿＿＿＿＿＿性別：□男□女

出生日期：＿＿＿＿年＿＿＿＿月＿＿＿＿日

學歷：□大學以上□大專□高中職□國中

電話：＿＿＿＿＿＿＿＿＿＿　職業：＿＿＿＿＿＿＿＿＿＿

寄書地址：□□□

＿＿＿＿＿＿＿＿＿＿＿＿＿＿＿＿＿＿＿＿＿＿＿＿

■開立三聯式發票：□需要　□不需要（以下免填）

發票抬頭：＿＿＿＿＿＿＿＿＿＿＿＿

統一編號：＿＿＿＿＿＿＿＿＿＿＿＿

發票地址：＿＿＿＿＿＿＿＿＿＿＿＿

■訂購書目：

書名：＿＿＿＿＿＿、＿＿＿本。書名＿＿＿＿＿＿、＿＿＿本。

書名：＿＿＿＿＿＿、＿＿＿本。書名＿＿＿＿＿＿、＿＿＿本。

書名：＿＿＿＿＿＿、＿＿＿本。書名＿＿＿＿＿＿、＿＿＿本。

共＿＿＿＿＿本，總金額＿＿＿＿＿＿＿＿＿＿元。

◎請詳細填寫後，影印放大傳真或郵寄至本公司，傳真電話：（02）2219-4998
信用卡訂購最低消費金額為一千元，不滿一千元者不予受理，如有不便之處，敬請見諒。

年度好書在立緒

1995 聯合報
讀書人最佳書獎

1998 聯合報
讀書人最佳書獎

1999 聯合報讀書人
中央日報最佳書獎

1999 聯合報讀書人
中央日報最佳書獎

1999 中國時報
開卷十大好書獎

1999 聯合報
讀書人最佳書獎

2000 聯合報讀書人
中央日報最佳書獎

2001 聯合報
讀書人最佳書獎

2001 博客來網路
年度十大選書

2001 中央日報
最佳書獎

2002 聯合報
讀書人最佳書獎

2002 聯合報
讀書人最佳書獎

2002 中國時報
開卷十大好書獎

2002 中央日報
最佳書獎

2003 聯合報
讀書人最佳書獎

大緒文化 閱讀卡

姓　名：

地　址：□□□

電　話：(　　)　　　　傳　眞：(　　)

E-mail：

您購買的書名：________________

購書書店：__________市（縣）__________書店

■您習慣以何種方式購書？

□逛書店 □劃撥郵購 □電話訂購 □傳真訂購 □銷售人員推薦
□團體訂購 □網路訂購 □讀書會 □演講活動 □其他________

■您從何處得知本書消息？

□書店 □報章雜誌 □廣播節目 □電視節目 □銷售人員推薦
□師友介紹 □廣告信函 □書訊 □網路 □其他________

■您的基本資料：

性別：□男 □女　婚姻：□已婚 □未婚　年齡：民國______年次

職業：□製造業 □銷售業 □金融業 □資訊業 □學生
□大眾傳播 □自由業 □服務業 □軍警 □公 □教 □家管
□其他________

教育程度：□高中以下 □專科 □大學 □研究所及以上

建議事項：

愛戀智慧 閱讀大師

廣	告	回	信

北區郵政管理局登記證
北臺字 8448 號
免 貼 郵 票

立緒文化事業有限公司 收

台北縣 2 3 1

新店市中央六街62號一樓

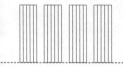

請沿虛線摺下裝訂，謝謝！

立緒文化 閱讀卡

感謝您購買立緒文化的書籍

為提供讀者更好的服務，現在填妥各項資訊，寄回閱讀卡（免貼郵票），或者歡迎上網至 http://www.ncp.com.tw 入立緒文化會員，可享購書優惠折扣和每月新書訊息。